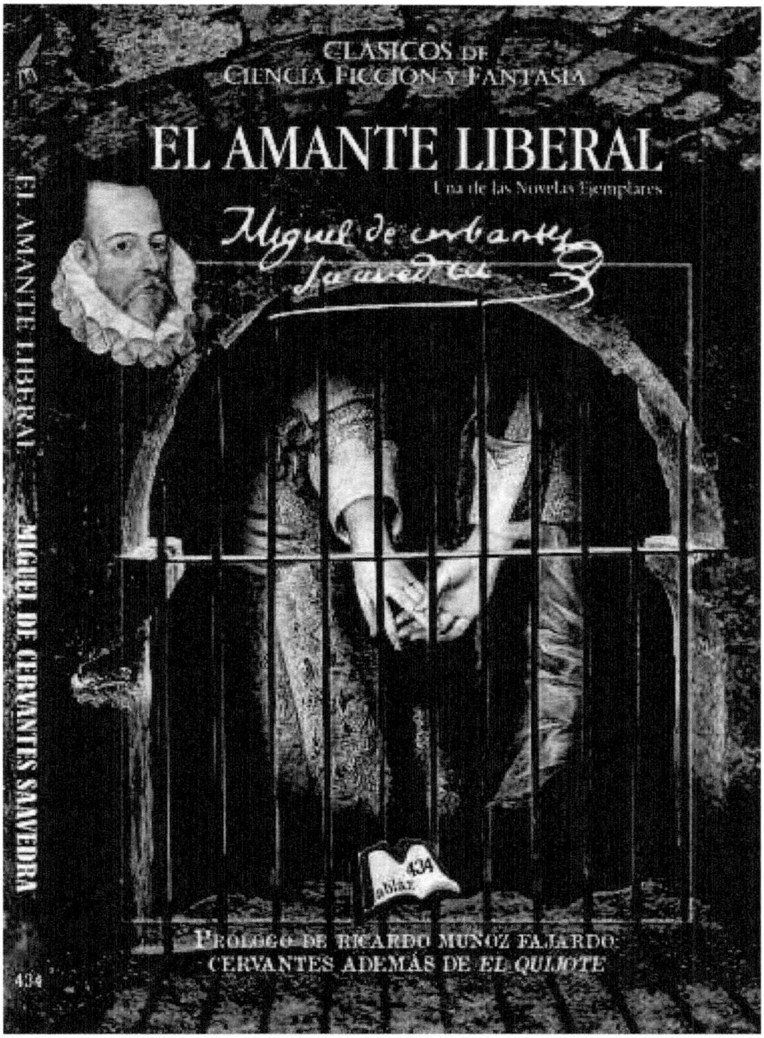

CLASICOS DE
CIENCIA FICCIÓN Y FANTASÍA

EL AMANTE LIBERAL

Una de las Novelas Ejemplares

PRÓLOGO DE RICARDO MUÑOZ FAJARDO:
CERVANTES ADEMÁS DE EL QUIJOTE

Ciencia Ficción y Fantasía - 163

El amante bilingüe. *Una de las* Novelas Ejemplares
Primera Edición, diciembre de 2025

© Libros Mablaz, Madrid

© De esta edición, Libros Mablaz, Madrid

blogs:
Editorial Libros Mablaz
**http://editoriallibrosmablazycienciaficcion.blogspot.co
m.es/**
Ciencia ficción y fantasía en Libros Mablaz:
http://mablazlibros.blogspot.com.es/
Librería en Todocolección:
**https://www.todocoleccion.net/s/catalogo?identificad
orvendedor=LibrosMablaz**

Diseño de cubiertas: Mari Carmen López

ISBN: 979-13-991399-0-7
Depósito Legal: M-27466-2025
LIBROS MABLAZ - 434

El amante liberal

Una de las *Novelas Ejemplares*

Miguel de Cervantes

Prólogo:
Cervantes además de El Quijote

Miguel de Cervantes tuvo una genialidad, que no fue otra que ponerse a escribir un libro de caballerías que criticaba a estos a su vez, titulada El ingenioso hidalgo Don Quijote de La Mancha, publicada en el año 1605, en su primera parte, cuando el autor alcalaíno contaba con cincuentaicinco años de edad.

Digo primera parte porque aunque la novela de don Quijote ahora se considera como una obra única, lo cierto es que, en origen, constó de dos partes, la segunda editada diez años después de la primera, en 1615, un año antes de su muerte.

Hoy en día, es el libro más traducido del mundo, excepción hecha de la Biblia, y sigue siendo considerada como la mejor novela jamás escrita.

Tampoco hubiese estado mal que Cervantes hubiese realizado un manuscrito autobiográfico, en el que hubiese contado, por ejemplo, la participación en un duelo que le hizo huir a Italia, alistarse como soldado en el ejército hispano que combatió en la Batalla de Lepanto, de donde quedó tullido del brazo izquierdo, sus amoríos y *desamoríos*, de la hija que tuvo fuera de su matrimonio, de sus tres o cuatro veces que estuvo apresado, la primera y más larga vez durante el cautiverio de Argel, que duró cinco años y que, sinceramente, otro genio, esta vez del mundo del cine, Alejandro Amenábar, no ha retratado nada bien en la película que habla sobre este tiempo de la vida del escritor, *El cautivo*, estrenada en 2025, una o dos veces por problemas con los dineros que recaudaba en nombre del rey mediante el cobro de impuestos, en Castro del Río (Córdoba) y en la ciudad de Sevilla, más otra probable en Argamasilla de Alba (Ciudad Real), en la Cueva de Medrano, en donde se dice que empezó a escribir el Quijote, durante cuatro meses por mandato del marqués Rodrigo de Pacheco, teoría que ha sido descartada porque no se ha encontrado ninguna prueba documental de este suceso, y, por último, en Valladolid, en el breve periodo en que la ciudad pucelana recobró la capitalidad del reino, a principios del siglo XVII, por un asesinato que se produjo enfrente de su vivienda del que resultó sospechoso porque no mantenía buena relación del muerto.

Y tal vez se hubiese resuelto con sus memorias uno de los enigmas, que en realidad se puede decir que está prácticamente desde hace muchos años, que no es otro que el lugar de nacimiento del insigne escritor.

Al noventainueve por ciento se debe afirmar que nació en Alcalá de Henares, donde existe una partida de bautismo con su nombre y verdadero nombre y apellidos, Miguel de Cervantes Cortinas, que se cambió por Saavedra tras su cautiverio en Argel, sin que se sepa por qué lo hizo, fechada el nueve de octubre de 1547.

El lugar que más disputa el natalicio

de Cervantes a Alcalá de Henares es la localidad manchega de Alcázar de San Juan, donde también se encontró una partida de bautismo de un Miguel de Cervantes, nacido en el año 1558, once después de la fecha que el autor reconoce como data de su venida al mundo. Otros argumentos alcazareños provienen de que el padre del escritor ejerció durante un tiempo en su localidad y que, además, el profundo conocimiento que tenía Cervantes de La Mancha, que podría ser debido a que vivió en la región y no solo estuvo de paso.

Cervantes nació en Alcalá de Henares, no cabe la menor duda, pero no podemos dejar de hablar sobre esta supuesta polémica que en realidad no es tal, relatando otras hipótesis lanzadas sobre el lugar de su natalicio.

Unos teóricos dicen que vio la luz en Córdoba, sin otro argumento que su padre y más ancestros era natural de allí, lo que no contradice, en sí, que el autor fuera de origen complutense.

Algo parecido ocurre con los que sugieren que Cervantes pudo nacer en Arganda del Rey, porque de allí era natural Leonor Cortinas, madre del escritor, y que pudo haber parido allí, en la casa de su familia materna, aunque el bautizo fuese en Alcalá de Henares.

El hecho de que exista una localidad llamada Cervantes de Sanabria, en dicha comarca de la provincia de Zamora, es suficiente para que haya defensores de que el escribidor naciera allí. Una última teoría dice que en realidad vino al mundo en Galicia, sin otra especificación que yo haya leído sobre el lugar, por la existencia de raíces familiares en la región.

Etcétera.

Lo cierto es que Cervantes, tardíamente, empezó a escribir, mostrándose como un autor de pluma lúcida y brillante, aunque sin los atributos de la genialidad que rodeaban a Lope de Vega, que sería el autor que lisonjearíamos ahora como el mejor literato de nuestra historia si no hubiese existido el Quijote, hasta que llegó la publicación del libro.

Miguel de Cervantes, mal poeta, escribió en todos los géneros novelescos vigentes en su época, tales como epopeyas bizantinas, o la narración pastoril, también picaresca y morisca, la sátira lucianesca y la miscelánea.

La primera prosa que se publicó de él fue *La Galatea* (1585), una novela pastoril de la que prometió una secuela que nunca escribió. Miguel de Cervantes tenía treintaiocho años.

El ingenioso hidalgo don Quijote de la Mancha (1605 y 1615), la obra universal.

Novelas ejemplares (1613), en las que nos detendremos un rato porque *El amante liberal* es una de las obras que la integran.

Novelas ejemplares es un conjunto de novelas cortas, relatos u opúsculos que Miguel de Cervantes agrupó en una única obra. La referencia al título de «ejemplares» hace referencia al tono didáctico y moral que quiere establecer en su contenido.

Los relatos incluidos en el libro son *Rinconete y Cortadillo*, *El licenciado Vidriera*, *La gitanilla*, *El coloquio de los perros* y *La ilustre fregona*, tal vez los más conocidos, *El celoso extremeño*, *El casamiento engañoso*, *Las dos doncellas*, *La española inglesa*, *La señora Cornelia*, *La fuerza de la sangre*, y el que es objeto de esta edición y que es considerada la novela corta de carácter fantástico que escribió Cervantes —aunque hay estudiosos que citan también como perteneciente a este subgénero *El coloquio de los perros*—, *El amante liberal*, cuya sinopsis viene a continuación.

El amante liberal reúne elementos de la novela morisca y la novela bizantina, aunque al mismo tiempo critica implícitamente algunos aspectos de esta última, aunque vuelve al género con la última novela que Cervantes escribió, *Los trabajos de Persiles y Sigismunda* (1616), terminada tres días antes de que muriera.

En la novela aparece, junto al tema del amor desinteresado por la otra persona, el del cautiverio, que en Cervantes tiene tintes biográficos, aunque se añadan otros inventados.

La trama consiste en el desarrollo de las aventuras de dos jóvenes sicilianos, Ricardo y Leonisa, que son apresados por piratas turcos, que los someten a cautiverio. Durante el mismo, se narran los días que hacen falta resaltar, donde incluso se da un triángulo amoroso, en el que, una casa inhabitual tanto en la vida como en la literatura de la época, la mujer tiene libertad de elección.

Una última cita de una posible obra no cervantina de Cervantes ha de ser la de *La tía fingida*, de año desconocido, aunque debe darse su escritura en torno a la fecha de las *Novelas Ejemplares*, atribuida tan solo a su pluma, sin que se haya podido confirmar la autoría del literato complutense.

Ricardo Muñoz Fajardo

LA·NOVELA·PARA·TODOS

CERVANTES
EL AMANTE LIBERAL

NOVELA DEL
amante liberal.

O Lamentables ruynas de la desdichada Nicosia, apenas enxutas de la sangre de vuestros valerosos, y mal afortunados defensores, si como careceysde sentido,le tuuierades aora enesta soledad donde estamos,pudieramos lamétar juntamente nuestras desgracias, y quiçá el auer hallado compañia en ellas, aliuiara nuestro tormento. Esta esperāça os puede auer quedado mal derribados torreones, que otra vez (aunque no para tan justa defensa, como la en que os derribaron) os podeys ver leuantados. Mas yo desdichado, que bien podré esperar en la miserable estrecheza en que me hallo? aunq buelua al estado en que estaua antes deste en que me veo. Tal es mi desdicha, que en la libertad fuy sin ventura, y en el cautinerio, ni la tengo, ni la espero.

Estas razones dezia vn cautiuo Christiano, mirando desde vn recuesto las murallas derribadas de la ya perdida Nicosia: y assi hablaua con ellas, y hazia comparacion de sus miserias a las suyas, como si ellas fueran capazes de entenderle (propria condicion de afligidos, que llenados de sus imaginaciones, hazen, y dizen cosas agenas de toda razon, y buen discurso.) En esto salio de vn pauellon, o tienda, de quatro que estauan en aquella cāpaña puestas, vn Turco mācebo,de muy buena disposicion,y gallardia, y llegandose al Cristiano le dixo: apostaria yo Ricardo amigo, que te traen por estos lugares tus continuos pensamientos. Si traen, respondio Ricardo (que este era el nombre del cautino) mas que aprouecha, si en ninguna parte a do voy hallo tregua,ni descanso en ellos: antes me los han acrecentado estas ruynas, que desde aqui se descubren. Por los de Nicosia dirás? dixoel Turco. Pues por quales quieres que lo diga, repitio Ricardo, sino ay otras, que a los ojos por aqui se ofrezcan?

E 2 Bien

—¡Oh lamentables ruinas de la desdichada Nicosia, apenas enjutas de la sangre de vuestros valerosos y mal afortunados defensores! Si como carecéis de sentido, le tuviérades ahora, en esta soledad donde estamos, pudiéramos lamentar juntas nuestras desgracias, y quizá el haber hallado compañía en ellas aliviara nuestro tormento. Esta esperanza os puede haber quedado, mal derribados torreones, que otra vez, aunque no para tan justa defensa como en la que os derribaron, os podéis ver levantados. Mas yo, desdichado, ¿qué bien podré esperar en la miserable estrecheza en que me hallo, aunque vuelva al estado en que estaba antes deste en que me veo? Tal es mi desdicha, que en la libertad fui sin ventura, y en el cautiverio ni la tengo ni la espero.

Estas razones decía un cautivo cristiano, mirando desde un recuesto las murallas derribadas de la ya perdida Nicosia; y así hablaba con ellas, y hacía comparación de sus miserias a las suyas, como si ellas fueran capaces de entenderle: propia condición de afligidos, que, llevados de sus imaginaciones, hacen y dicen cosas ajenas de toda razón y buen discurso.

En esto, salió de un pabellón o tienda, de cuatro que estaban en aquella campaña puestas, un turco, mancebo de muy buena disposición y gallardía, y, llegándose al cristiano, le dijo:

—Apostaría yo, Ricardo amigo, que

te traen por estos lugares tus continuos pensamientos.

—Sí traen —respondió Ricardo (que este era el nombre del cautivo)—; mas, ¿qué aprovecha, si en ninguna parte a do voy hallo tregua ni descanso en ellos, antes me los han acrecentado estas ruinas que desde aquí se descubren?

—Por las de Nicosia dirás —dijo el turco.

—Pues ¿por cuáles quieres que diga —repitió Ricardo—, si no hay otras que a los ojos por aquí se ofrezcan?

—Bien tendrás que llorar —replicó el turco—, si en esas contemplaciones entras, porque los que vieron habrá dos años a esta nombrada y rica isla de Chipre en su tranquilidad y sosiego, gozando sus moradores en ella de todo aquello que la felicidad humana puede conceder a los hombres, y ahora los *vee* o contempla, o desterrados della o en ella cautivos y miserables, ¿cómo podrá dejar de no dolerse de su calamidad y desventura? Pero dejemos estas cosas, pues no llevan remedio, y vengamos a las tuyas, que quiero ver si le tienen; y así, te ruego, por lo que debes a la buena voluntad que te he mostrado, y por lo que te obliga el ser entrambos de una misma patria y habernos criado en nuestra niñez juntos, que me digas qué es la causa que te trae tan demasiadamente triste; que, puesto caso que sola la del cautiverio es bastante para entristecer el corazón más alegre del mundo, todavía imagino que de más atrás traen la corriente tus desgracias. Porque los generosos ánimos, como el tuyo, no suelen rendirse a las comunes desdichas tanto que den muestras de extraordinarios sentimientos; y háceme creer esto el saber yo que no eres tan pobre que te falte para dar cuanto pidieren por tu rescate, ni estás en las torres del mar Negro, como cautivo de consideración, que tarde o nunca alcanza la deseada libertad.

»Así que, no habiéndote quitado la mala suerte las esperanzas de verte libre, y, con todo esto, verte rendido a dar miserables muestras de tu desventura, no es mucho que imagine que tu pena procede de otra causa que de la libertad que perdiste; la cual causa te suplico me digas, ofreciéndote cuanto puedo y valgo; quizá para que yo te sirva ha traído la fortuna este rodeo de haberme hecho vestir deste hábito que aborrezco. Ya sabes, Ricardo, que es mi amo el cadí desta ciudad (que es lo mismo que ser su obispo). Sabes también lo mucho que vale y lo mucho que con él puedo. Juntamente con esto, no ignoras el deseo encendido que tengo de no morir en este estado que parece que profeso, pues, cuando más no pueda, tengo de confesar y publicar a voces la fe de Jesucristo, de quien me apartó mi poca edad y menos entendimiento, puesto que sé que tal confesión me ha de costar la vida; que, a trueco de no perder la del alma, daré por bien empleado perder la del cuerpo. De todo lo dicho quiero que infieras y que consideres que te puede ser de algún provecho mi amistad, y que, para saber qué remedios o alivios puede tener tu desdicha, es menester que me la cuentes, como ha menester el médico la relación del enfermo, asegurándote que la depositaré en lo más escondido del silencio.

A todas estas razones estuvo callando Ricardo; y, viéndose obligado *dellas* y de la necesidad, le respondió con estas:

—Si así como has acertado, ¡oh amigo Mahamut! —que así se llamaba el turco—, en lo que de mi desdicha imaginas, acertaras en su remedio, tuviera por bien perdida mi libertad, y no trocara mi desgracia con la mayor ventura que imaginarse pudiera; mas yo sé que ella es tal, que todo el mundo podrá saber bien la causa de donde procede, mas no habrá en él persona que se atreva, no sólo a hallarle remedio, pero ni aun alivio. Y, para que quedes satisfecho desta verdad, te la contaré en las menos razones que pudiere. Pero, antes que entre en el confuso laberinto de mis males, quiero que me digas qué es la causa que Hazán Bajá, mi amo, ha hecho plantar en esta campaña estas tiendas y pabellones antes de entrar en Nicosia, donde viene proveído por virrey, o por bajá, como los turcos llaman a los virreyes.

—Yo te satisfaré brevemente —respondió Mahamut—; y así, has de saber que es costumbre entre los turcos que los que van por virreyes de alguna provincia no entran en la ciudad donde su antecesor habita hasta que él salga della y deje hacer libremente al que viene la residencia; y, en tanto que el bajá nuevo la hace, el antiguo se está en la campaña esperando lo que resulta de sus cargos, los cuales se le hacen sin que él pueda intervenir a valerse de sobornos ni amistades, si ya primero no lo ha hecho. Hecha, pues, la residencia, se la dan al que deja el cargo en un pergamino cerrado y sellado, y con ella se presenta a la Puerta del Gran Señor, que es como decir en la Corte, ante el Gran Consejo del Turco; la cual vista por el visir-bajá, y por los otros cuatro bajaes menores, como si dijésemos ante el presidente del Real Consejo y oidores, o le premian o le castigan, según la relación de la residencia; puesto que si viene culpado, con dineros rescata y escusa el castigo; si no viene culpado y no le premian, como sucede de ordinario, con dádivas y presentes alcanza el cargo que más se le antoja, porque no se dan allí los cargos y oficios por merecimientos, sino por dineros: todo se vende y todo se compra. Los proveedores de los cargos roban los proveídos en ellos y los desuellan; deste oficio comprado sale la sustancia para comprar otro que más ganancia promete. Todo va como digo, todo este imperio es violento, señal que prometía no ser durable; pero, a lo que yo creo, y así debe de ser verdad, le tienen sobre sus hombros nuestros pecados; quiero decir los de aquellos que descaradamente y a rienda suelta ofenden a Dios, como yo hago: ¡Él se acuerde de mí por quien Él es! Por la causa que he dicho, pues, tu amo, Hazán Bajá, ha estado en esta campaña cuatro días, y si el de Nicosia no ha salido, como debía, ha sido por haber estado muy malo; pero ya está mejor y saldrá hoy o mañana, sin duda alguna, y se ha de alojar en unas tiendas que están detrás deste recuesto, que tú no has visto, y tu amo entrará luego en la ciudad. Y esto es lo que hay que saber de lo que me preguntaste.

—Escucha, pues —dijo Ricardo—; mas no sé si podré cumplir lo que antes dije, que en breves razones te contaría mi desventura, por ser ella tan larga y des- medida, que no se puede medir con razón alguna; con todo esto, haré lo que pudiere y lo que el tiempo diere lugar. Y así, te pregunto primero si conoces en nuestro lugar de Trápana una doncella a quien la fama daba nombre de la más hermosa mujer que había en toda Sicilia. Una doncella, digo, por quien decían todas las curiosas lenguas, y afirmaban los más raros entendimientos, que era la de más perfecta hermosura que tuvo la edad pasada, tiene la presente y espera tener la que está por venir; una por quien los poetas cantaban que tenía los cabellos de oro, y que eran sus ojos dos resplandecientes soles, y sus mejillas purpúreas rosas, sus dientes perlas, sus labios rubíes, su garganta alabastro; y que sus partes con el todo, y el todo con sus partes, hacían una maravillosa y concertada armonía, esparciendo naturaleza sobre todo una suavidad de colores tan natural y perfecta, que jamás pudo la envidia hallar cosa en que ponerle tacha. Que, ¿es posible, Mahamut, que ya no me has dicho quién es y cómo se llama? Sin duda creo, o que no me oyes, o que, cuando en Trápana estabas, carecías de sentido.

—En verdad, Ricardo —respondió Mahamut—, que si la que has pintado con tantos extremos de hermosura no es Leonisa, la hija de Rodolfo Florencio, no sé quién sea; que esta sola tenía la fama que dices.

—Esa es, ¡oh Mahamut! —respondió Ricardo—; esa es, amigo, la causa principal de todo mi bien y de toda mi desventura; esa es, que no la perdida libertad, por quien mis ojos han derramado, derraman y derramarán lágrimas sin cuento, y la por quien mis suspiros encienden el aire cerca y lejos, y la por quien mis razones cansan al cielo que las escucha y a los oídos que las oyen; esa es por quien tú me has juzgado por loco o, por lo menos, por de poco valor y menos ánimo; esta Leonisa, para mí leona y mansa cordera para otro, es la que me tiene en este miserable estado. «Porque has de saber que desde mis tiernos años, o a lo menos desde que tuve uso de razón, no sólo la amé, más la adoré y serví con tanta solicitud como si no tuviera en la tierra ni en el cielo otra deidad a quien sirviese ni adorase. Sabían sus deudos y sus padres mis deseos, y jamás dieron muestra de que les pesase, considerando que iban encaminados a fin honesto y virtuoso; y así, muchas veces sé yo que se lo dijeron a Leonisa, para disponerle la voluntad a que por su esposo me recibiese. Mas ella, que tenía puestos los ojos en Cornelio, el hijo de Ascanio Rótulo, que tú bien conoces (mancebo galán, atildado, de blandas manos y rizos cabellos, de voz meliflua y de amorosas palabras, y, finalmente, todo hecho de ámbar y de alfeñique, guarnecido de telas y adornado de brocados), no quiso ponerlos en mi rostro, no tan delicado como el de Cornelio, ni quiso agradecer siquiera mis muchos y continuos servicios, pagando mi voluntad con desdeñarme y aborrecerme; y a tanto llegó el extremó de amarla, que tomara por partido dichoso que me acabara a pura fuerza de desdenes y desagradecimientos, con que no diera descubiertos, aunque honestos, favores a Cornelio. ¡Mira, pues, si llegándose a la angustia del desdén y aborrecimiento, la mayor y más cruel rabia de los celos, cuál estaría mi alma de dos tan mortales pestes combatida! Disimulaban los padres de Leonisa los favores que a Cornelio hacía, creyendo, como estaba en razón que creyesen, que atraído el mozo de su incomparable y bellísima hermosura, la escogería por su esposa, y en ello granjearían yerno más rico que conmigo; y bien pudiera ser, si así fuera, pero no le alcanzaran, sin arrogancia sea dicho, de mejor condición que la mía, ni de más altos pensamientos, ni de más conocido valor que el mío. Sucedió, pues, que, en el discurso de mi pretensión, alcancé a saber que un día del mes pasado de mayo, que este de hoy hace un año, tres días y cinco horas, Leonisa y sus padres, y Cornelio y los suyos, se iban a solazar con toda su parentela y criados al jardín de Ascanio, que está cercano a la marina, en el camino de las salinas».

—Bien lo sé —dijo Mahamut—; pasa adelante, Ricardo, que más de cuatro días tuve en él, cuando Dios quiso, más de cuatro buenos ratos.

—Súpelo —replicó Ricardo—, y, al mismo instante que lo supe, me ocupó el alma una furia, una rabia y un infierno de celos, con tanta vehemencia y rigor, que me sacó de mis sentidos, como lo verás por lo que luego hice, que fue irme al jardín donde me dijeron que estaban, y hallé a la más de la gente solazándose, y debajo de un nogal sentados a Cornelio y a Leonisa, aunque desviados un poco.

»Cuál ellos quedaron de mi vista, no lo sé; de mí sé decir que quedé tal con la suya, que perdí la de mis ojos, y me quedé como estatua sin voz ni movimiento alguno. Pero no tardó mucho en despertar el enojo a la cólera, y la cólera a la sangre del corazón, y la sangre a la ira, y la ira a las manos y a la lengua.

»Puesto que las manos se ataron con el respecto, a mi parecer, debido al hermoso rostro que tenía delante, pero la lengua rompió el silencio con estas razones: "Contenta estarás, ¡oh enemiga mortal de mi descanso!, en tener con tanto sosiego delante de tus ojos la causa que

hará que los míos vivan en perpetuo y do-
loroso llanto. Llégate, llégate, cruel, un
poco más, y enrede tu yedra a ese inútil
tronco que te busca; peina o ensortija
aquellos cabellos de ese tu nuevo Gani-
medes, que tibiamente te solicita. Acaba
ya de entregarte a los banderizos años
dese mozo en quien contemplas, porque,
perdiendo yo la esperanza de alcanzarte,
acabe con ella la vida que aborrezco.
¿Piensas, por ventura, soberbia y mal
considerada doncella, que contigo sola se
han de romper y faltar las leyes y fueros
que en semejantes casos en el mundo se
usan? ¿Piensas, quiero decir, que este mozo, altivo por su riqueza, arrogante por su
gallardía, inexperto por su edad poca,
confiado por su linaje, ha de querer, ni

poder, ni saber guardar firmeza en sus amores, ni estimar lo inestimable, ni conocer lo que conocen los maduros y experimentados años? No lo pienses, si lo piensas, porque no tiene otra cosa buena el mundo, sino hacer sus acciones siempre de una misma manera, porque no se engañe nadie sino por su propia ignorancia. En los pocos años está la inconstancia mucha; en los ricos, la soberbia; la vanidad, en los arrogantes, y en los hermosos, el desdén; y en los que todo esto tienen, la necedad, que es madre de todo mal suceso. Y tú, ¡oh mozo!, que tan a tu salvo piensas llevar el premio, más debido a mis buenos deseos que a los ociosos tuyos, ¿por qué no te levantas de ese estrado de flores donde yaces y vienes a sacarme el alma, que tanto la tuya aborrece? Y no porque me ofendas en lo que haces, sino porque no sabes estimar el bien que la ventura te concede; y véese claro que le tienes en poco, en que no quieres moverte a *defendelle* por no ponerte a riesgo de descomponer la afeitada compostura de tu galán vestido. Si esa tu reposada condición tuviera Aquiles, bien seguro estuviera Ulises de no salir con su empresa, aunque más le mostrara resplandecientes armas y acerados alfanjes. Vete, vete, y recréate entre las doncellas de tu madre, y allí ten cuidado de tus cabellos y de tus manos, más despiertas a devanar blando sirgo que a empuñar la dura espada.

»A todas estas razones jamás se levantó Cornelio del lugar donde le hallé sentado, antes se estuvo quedo, mirándome como embelesado, sin moverse; y a las levantadas voces con que le dije lo que has oído, se fue llegando la gente que por la huerta andaba, y se pusieron a escuchar otros más impropios que a Cornelio dije; el cual, tomando ánimo con la gente que acudió, porque todos o los más eran sus parientes, criados o allegados, dio muestras de levantarse; mas, antes que se pusiese en pie, puse mano a mi espada y acometile, no sólo a él, sino a todos cuantos allí estaban. Pero, apenas vio Leonisa relucir mi espada, cuando le tomó un recio desmayo, cosa que me puso en mayor coraje y mayor despecho. Y no te sabré decir si los muchos que me acometieron atendían no más de a defenderse, como quien se defiende de un loco furioso, o si fue mi buena suerte y diligencia, o el cielo, que para mayores males quería guardarme; porque, en efecto, herí siete *o* ocho de los que hallé más a mano. A Cornelio le valió su buena diligencia, pues fue tanta la que puso en los pies huyendo, que se escapó de mis manos.

»Estando en este tan manifiesto peligro, cercado de mis enemigos, que ya como ofendidos procuraban vengarse, me socorrió la ventura con un remedio que fuera mejor haber dejado allí la vida, que no, restaurándola por tan no pensado camino, venir a perderla cada hora mil y mil veces. Y fue que de improviso dieron en el jardín mucha cantidad de turcos de dos galeotas de cosarios de Biserta, que en una cala, que allí cerca estaba, habían desembarcado, sin ser sentidos de las centinelas de las torres de la marina, ni descubiertos de los corredores o atajadores de la costa. Cuando mis contrarios los vieron, dejándome solo, con presta celeridad se pusieron en cobro: de cuantos en el jardín estaban, no pudieron los turcos cautivar más de a tres personas y a Leonisa, que aún se estaba desmayada. A mí me cogieron con cuatro disformes heridas, vengadas antes por mi mano con cuatro turcos, que de otras cuatro dejé sin vida tendidos en el suelo. Este asalto hicieron los turcos con su acostumbrada diligencia, y, no muy contentos del suceso, se fueron a embarcar, y luego se hicieron a la mar, y a vela y remo en breve espacio se pusieron en la Fabiana. Hicieron reseña por ver qué gente les faltaba; y, viendo que los muertos eran cuatro soldados de aquellos que ellos llaman leventes, y de los mejores y más estimados que traían, quisieron tomar en mí la venganza; y así, mandó el arráez de la capitana bajar la entena para ahorcarme.

»Todo esto estaba mirando Leonisa, que ya había vuelto en sí; y, viéndose en poder de los cosarios, derramaba abundancia de hermosas lágrimas, y, torciendo sus manos delicadas, sin hablar palabra, estaba atenta a ver si entendía lo que los turcos decían. Mas uno de los cristianos del remo le dijo en italiano como el arráez mandaba ahorcar a aquel cristiano, señalándome a mí, porque había muerto en su defensa cuatro de los mejores soldados de las galeotas. Lo cual oído y entendido por Leonisa (la vez primera que se mostró para mí piadosa), dijo al cautivo que dijese a los turcos que no me ahorcasen, porque perderían un gran rescate, y que les rogaba volviesen a Trápana, que luego me rescatarían. Esta, digo, fue la primera y aun será la última caridad que usó conmigo Leonisa, y todo para mayor mal mío. Oyendo, pues, los turcos lo que el cautivo les decía, le creyeron, y mudoles el interés la cólera. Otro día por la mañana, alzando bandera de paz, volvieron a Trápana; aquella noche la pasé con el dolor que imaginarse puede, no tanto por el que mis heridas me causaban, cuanto por imaginar el peligro en que la cruel enemiga mía entre aquellos bárbaros estaba.

»Llegados, pues, como digo, a la ciudad, entró en el puerto la una galeota y la otra se quedó fuera; coronose luego todo el puerto y la ribera toda de cristianos, y el lindo de Cornelio desde lejos estaba mirando lo que en la galeota pasaba.

Acudió luego un mayordomo mío a tratar de mi rescate, al cual dije que en ninguna manera tratase de mi libertad, sino de la de Leonisa, y que diese por ella todo cuanto valía mi hacienda; y más, le ordené que volviese a tierra y dijese a sus padres de Leonisa que le dejasen a él tratar de la libertad de su hija, y que no se pusiesen en trabajo por ella. Hecho esto, el arráez principal, que era un renegado griego llamado Yzuf, pidió por Leonisa seis mil escudos, y por mí cuatro mil, añadiendo que no daría el uno sin el otro. Pidió esta gran suma, según después supe, porque estaba enamorado de Leonisa, y no quisiera él *rescatalla*, sino darle al arráez de la otra galeota, con quien había de partir las presas que se hiciesen por mitad, a mí, en precio de cuatro mil escudos y mil en dinero, que hacían cinco mil, y quedarse con Leonisa por otros cinco mil. Y esta fue la causa por que nos apreció a los dos en diez mil escudos. Los padres de Leonisa no ofrecieron de su parte nada, atenidos a la promesa que de mi parte mi mayordomo les había hecho, ni Cornelio movió los labios en su provecho; y así, después de muchas demandas y respuestas, concluyó mi mayordomo en dar por Leonisa cinco mil y por mí tres mil escudos.

»Aceptó Yzuf este partido, forzado de las persuasiones de su compañero y de lo que todos sus soldados le decían; mas, como mi mayordomo no tenía junta tanta cantidad de dineros, pidió tres días de término para juntarlos, con intención de malbaratar mi hacienda hasta cumplir el rescate. Holgose *desto* Yzuf, pensando hallar en este tiempo ocasión para que el concierto no pasase adelante; y, volviéndose a la isla de la Fabiana, dijo que llegado el término de los tres días volvería por el dinero. Pero la ingrata fortuna, no cansada de maltratarme, ordenó que estando desde lo más alto de la isla puesta a la guarda una centinela de los turcos, bien dentro a la mar descubrió seis velas latinas, y entendió, como fue verdad, que debían ser, o la escuadra de Malta, o algunas de las de Sicilia. Bajó corriendo a dar la nueva, y en un pensamiento se embarcaron los turcos, que estaban en tierra, cuál guisando de comer, cuál lavando su ropa; y, zarpando con no vista presteza, dieron al agua los remos y al viento las velas, y, puestas las proas en Berbería, en menos de dos horas perdieron de vista las galeras; y así, cubiertos con la isla y con la noche, que venía cerca, se aseguraron del miedo que habían cobrado.

»A tu buena consideración dejo, ¡oh Mahamut amigo!, que consideres cuál iría mi ánimo en aquel viaje, tan contrario del que yo esperaba; y más cuando otro día, habiendo llegado las dos galeotas a la isla de la Pantanalea, por la parte del mediodía, los turcos saltaron en tierra a hacer leña y carne, como ellos dicen; y más, cuando vi que los arráeces saltaron en tierra y se pusieron a hacer las partes de todas las presas que habían hecho. Cada acción destas fue para mí una dilatada muerte. Viniendo, pues, a la partición mía y de Leonisa, Yzuf dio a Fetala (que así se llamaba el arráez de la otra galeota) seis cristianos, los cuatro para el remo, y dos muchachos hermosísimos, de nación corsos, y a mí con ellos, por quedarse con Leonisa, de lo cual se contentó Fetala. Y, aunque estuve presente a todo esto, nunca pude entender lo que decían, aunque sabía lo que hacían, ni entendiera por entonces el modo de la partición si Fetala no se llegara a mí y me dijera en italiano: "Cristiano, ya eres mío; en dos mil escudos de oro te me han dado; si quisieres libertad, has de dar cuatro mil, si no, acá morir".

»Preguntele si era también suya la cristiana; díjome que no, sino que Yzuf se quedaba con ella, con intención de volverla mora y casarse con ella. Y así era la verdad, porque me lo dijo uno de los cautivos del remo, que entendía bien el turquesco, y se lo había oído tratar a Yzuf y a Fetala. Díjele a mi amo que hiciese de modo como se quedase con la cristiana, y que le daría por su rescate solo diez mil escudos de oro en oro. Respondiome no ser posible, pero que haría que Yzuf supiese la gran suma que él ofrecía por la cristiana; quizá, llevado del interese, mudaría de intención y la rescataría. Hízolo así, y mandó que todos los de su galeota se embarcasen luego, porque se quería ir a Trípoli de Berbería, de donde él era. Yzuf, asimismo, determinó irse a Biserta; y así, se embarcaron con la misma priesa que suelen cuando descubren o galeras de quien temer, o bajeles a quien robar. Movioles a darse priesa, por parecerles que el tiempo mudaba con muestras de borrasca.

»Estaba Leonisa en tierra, pero no en parte que yo la pudiese ver, si no fue que al tiempo del embarcarnos llegamos juntos a la marina. Llevábala de la mano su nuevo amo y su más nuevo amante, y al entrar por la escala que estaba puesta desde tierra a la galeota, volvió los ojos a mirarme, y los míos, que no se quitaban della, la miraron con tan tierno sentimiento y dolor que, sin saber cómo, se me puso una nube ante ellos que me quitó la vista, y sin ella y sin sentido alguno di conmigo en el suelo. Lo mismo, me dijeron después, que había sucedido a Leonisa, porque la vieron caer de la escala a la mar, y que Yzuf se había echado tras della y la sacó en brazos. Esto me contaron dentro de la galeota de mi amo, donde me habían puesto sin que yo lo sintiese; mas, cuando volví de mi desmayo y me vi solo en la galeota, y que la otra, tomando otra derrota, se apartaba de nosotros, llevándose consigo la mitad de mi alma, o, por

mejor decir, toda ella, cubrióseme el corazón de nuevo, y de nuevo maldije mi ventura y llamé a la muerte a voces; y eran
tales los sentimientos que hacía, que mi
amo, enfadado de oírme, con un grueso
palo me amenazó que, si no callaba, me
maltrataría. Reprimí las lágrimas, recogí
los suspiros, creyendo que con la fuerza
que les hacía reventarían por parte que
abriesen puerta al alma, que tanto deseaba desamparar este miserable cuerpo; mas
la suerte, aún no contenta de haberme
puesto en tan encogido estrecho, ordenó
de acabar con todo, quitándome las esperanzas de todo mi remedio; y fue que en
un instante se declaró la borrasca que ya
se temía, y el viento que de la parte de
mediodía soplaba y nos embestía por la

proa, comenzó a reforzar con tanto brío, que fue forzoso volverle la popa y dejar correr el bajel por donde el viento quería llevarle.

»Llevaba designio el arráez de despuntar la isla y tomar abrigo en ella por la banda del norte, mas sucediole al revés su pensamiento, porque el viento cargó con tanta furia que, todo lo que habíamos navegado en dos días, en poco más de catorce horas nos vimos a seis millas o siete de la propia isla de donde habíamos partido, y sin remedio alguno íbamos a embestir en ella, y no en alguna playa, sino en unas muy levantadas peñas que a la vista se nos ofrecían, amenazando de inevitable muerte a nuestras vidas. Vimos a nuestro lado la galeota de nuestra conserva, donde estaba Leonisa, y a todos sus turcos y cautivos remeros haciendo fuerza con los remos para entretenerse y no dar en las peñas. Lo mismo hicieron los de la nuestra, con más ventaja y esfuerzo, a lo que pareció, que los de la otra, los cuales, cansados del trabajo y vencidos del tesón del viento y de la tormenta, soltando los remos, se abandonaron y se dejaron ir a vista de nuestros ojos a embestir en las peñas, donde dio la galeota tan grande golpe que toda se hizo pedazos. Comenzaba a cerrar la noche, y fue tamaña la grita de los que se perdían y el sobresalto de los que en nuestro bajel temían perderse, que ninguna cosa de las que nuestro arráez mandaba se entendía ni se hacía; sólo se atendía a no dejar los remos de las manos, tomando por remedio volver la proa al viento y echar las dos áncoras a la mar, para entretener con esto algún tiempo la muerte, que por cierta tenían. Y, aunque el miedo de morir era general en todos, en mí era muy al contrario, porque con la esperanza engañosa de ver en el otro mundo a la que había tan poco que deste se había partido, cada punto que la galeota tardaba en anegarse o en embestir en las peñas, era para mí un siglo de más penosa muerte. Las levantadas olas, que por encima del bajel y de mi cabeza pasaban, me hacían estar atento a ver si en ellas venía el cuerpo de la desdichada Leonisa.

»No quiero detenerme ahora, ¡oh Mahamut!, en contarte por menudo los sobresaltos, los temores, las ansias, los pensamientos que en aquella luenga y amarga noche tuve y pasé, por no ir contra lo que primero propuse de contarte brevemente mi desventura. Basta decirte que fueron tantos y tales que, si la muerte viniera en aquel tiempo, tuviera bien poco que hacer en quitarme la vida.

»Vino el día con muestras de mayor tormenta que la pasada, y hallamos que el bajel había virado un gran trecho, habiéndose desviado de las peñas un buen trecho, y llegádose a una punta de la isla; y, viéndose tan a pique de doblarla, turcos y cristianos, con nueva esperanza y fuerzas nuevas, al cabo de seis horas doblamos la punta, y hallamos más blando el mar y más sosegado, de modo que más fácilmente nos aprovechamos de los remos, y, abrigados con la isla, tuvieron lugar los turcos de saltar en tierra para ir a ver si había quedado alguna reliquia de la galeota que la noche antes dio en las peñas; más aún no quiso el cielo concederme el alivio que esperaba tener de ver en mis brazos el cuerpo de Leonisa; que, aunque muerto y despedazado, holgara de verle, por romper aquel imposible que mi estrella me puso de juntarme con él, como mis buenos deseos merecían; y así, rogué a un renegado que quería desembarcarse que le buscase y viese si la mar lo había arrojado a la orilla. Pero, como ya he dicho, todo esto me negó el cielo, pues al mismo instante tornó a embravecerse el viento, de manera que el amparo de la isla no fue de algún provecho. Viendo esto Fetala, no quiso contrastar contra la fortuna, que tanto le perseguía, y así, mandó poner el trinquete al árbol y hacer un poco de vela; volvió la proa a la mar y la popa al viento; y, tomando él mismo el cargo del timón, se dejó correr por el ancho mar, seguro que ningún impedimento le estorbaría su camino. Iban los remos igualados en la crujía y toda la gente sentada por los bancos y ballesteras, sin que en toda la galeota se descubriese otra persona que la del cómitre, que por más seguridad suya se hizo atar fuertemente al estanterol. Volaba el bajel con tanta ligereza que, en tres días y tres noches, pasando a la vista de Trápana, de Melazo y de Palermo, embocó por el faro de Micina, con maravilloso espanto de los que iban dentro y de aquellos que desde la tierra los miraban.

»En fin, por no ser tan prolijo en contar la tormenta como ella lo fue en su porfía, digo que cansados, hambrientos y fatigados con tan largo rodeo, como fue bajar casi toda la isla de Sicilia, llegamos a Trípoli de Berbería, adonde a mi amo (antes de haber hecho con sus levantes la cuenta del despojo, y dádoles lo que les tocaba, y su quinto al rey, como es costumbre) le dio un dolor de costado tal, que dentro de tres días dio con él en el infierno. Púsose luego el rey de Trípoli en toda su hacienda, y el alcaide de los muertos que allí tiene el Gran Turco (que, como sabes, es heredero de los que no le dejan en su muerte); estos dos tomaron toda la hacienda de Fetala, mi amo, y yo cupe a este, que entonces era virrey de Trípoli; y de allí a quince días le vino la patente de virrey de Chipre, con el cual he venido hasta aquí sin intento de rescatarme, porque él me ha dicho muchas veces que me rescate, pues soy hombre principal, como se lo dijeron los soldados de Fetala, jamás he acudido a ello, antes le he dicho que le engañaron los que le dijeron grandezas de mi posibilidad. Y si quieres, Mahamut, que te diga todo mi pensamiento, has de saber que no quiero volver a parte donde por alguna vía pueda tener cosa que me consuele, y quiero que, juntándose a la vida del cautiverio, los pensamientos y memorias que jamás me dejan de la muerte de Leonisa vengan a ser parte para que yo no la tenga jamás de gusto alguno. Y si es verdad que los continuos dolores forzosamente se han de acabar o acabar a quien los padece, los míos no podrán dejar de hacello, porque pienso darles rienda de manera que, a pocos días, den alcance a la miserable vida que tan contra mi voluntad sostengo.

»Este es, ¡oh Mahamut hermano!, el triste suceso mío; esta es la causa de mis suspiros y de mis lágrimas; mira tú ahora y considera si es bastante para sacarlos de lo profundo de mis entrañas y para engendrarlos en la sequedad de mi lastimado pecho. Leonisa murió, y con ella mi esperanza; que, puesto que la que tenía, ella viviendo, se sustentaba de un delgado cabello, todavía, todavía...»

Y en este "todavía" se le pegó la lengua al paladar, de manera que no pudo hablar más palabra ni detener las lágrimas, que, como suele decirse, hilo a hilo le corrían por el rostro, en tanta abundancia, que llegaron a humedecer el suelo.

Acompañole en ellas Mahamut; pero, pasándose aquel parasismo, causado de la memoria renovada en el amargo cuento, quiso Mahamut consolar a Ricardo con las mejores razones que supo; mas él se las atajó, diciéndole:

—Lo que has de hacer, amigo, es aconsejarme qué haré yo para caer en desgracia de mi amo, y de todos aquellos con quien yo comunicare; para que, siendo aborrecido *dél* y *dellos*, los unos y los otros me maltraten y persigan de suerte que, añadiendo dolor a dolor y pena a pena, alcance con brevedad lo que deseo, que es acabar la vida.

—Ahora he hallado ser verdadero —dijo Mahamut—, lo que suele decirse: que lo que se sabe sentir se sabe decir, puesto que algunas veces el sentimiento enmudece la lengua; pero, comoquiera que ello sea, Ricardo, ora llegue tu dolor a tus palabras, ora ellas se le aventajen, siempre has de hallar en mí un verdadero amigo, o para ayuda o para consejo; que, aunque mis pocos años y el desatino que he hecho en vestirme este hábito están dando voces que de ninguna destas dos cosas que te ofrezco se puede fiar ni esperar alguna, yo procuraré que no salga verdadera esta sospecha, ni pueda tenerse por cierta tal opinión. Y, puesto que tú no quieras ni ser aconsejado ni favorecido, no por eso dejaré de hacer lo que te conviniere, como suele hacerse con el enfermo, que pide lo que no le dan y le dan lo que le conviene. No hay en toda esta ciudad quien pueda ni valga más que el cadí, mi amo, ni aun el tuyo, que viene por visorrey *della*, ha de poder tanto; y, siendo esto así, como lo es, yo puedo decir que soy el que más puede en la ciudad, pues puedo con mi patrón todo lo que quiero. Digo esto, porque podría ser dar traza con él para que vinieses a ser suyo, y, estando en mi compañía, el tiempo nos dirá lo que habemos de hacer, así para consolarte, si quisieres o pudieres tener consuelo, y a mí para salir desta a mejor vida, o, a lo menos, a parte donde la tenga más segura cuando la deje.

—Yo te agradezco —respondió Ricardo—, Mahamut, la amistad que me ofreces, aunque estoy cierto que, con cuanto hicieres, no has de poder cosa que en mi provecho resulte. Pero dejemos ahora esto y vamos a las tiendas, porque, a lo que veo, sale de la ciudad mucha gente, y sin duda es el antiguo virrey que sale a estarse en la campaña, por dar lugar a mi amo que entre en la ciudad a hacer la residencia.

—Así es —dijo Mahamut—; ven, pues, Ricardo, y verás las ceremonias con que se reciben; que sé que gustarás de verlas.

—Vamos en buena hora —dijo Ricardo—; quizá te habré menester si acaso el guardián de los cautivos de mi amo me ha echado menos, que es un renegado, corso de nación y de no muy piadosas entrañas.

Con esto dejaron la plática, y llegaron a las tiendas a tiempo que llegaba el antiguo bajá, y el nuevo le salía a recibir a la puerta de la tienda.

Venía acompañado Alí Bajá (que así se llamaba el que dejaba el gobierno) de todos los jenízaros que de ordinario están de presidio en Nicosia, después que los turcos la ganaron, que serían hasta quinientos. Venían en dos alas o hileras, los unos con escopetas y los otros con alfanjes desnudos. Llegaron a la puerta del nuevo bajá Hazán, la rodearon todos, y

Alí Bajá, inclinando el cuerpo, hizo reverencia a Hazán, y él con menos inclinación le saludó. Luego se entró Alí en el pabellón de Hazán, y los turcos le subieron sobre un poderoso caballo ricamente aderezado, y, trayéndole a la redonda de las tiendas y por todo un buen espacio de la campaña, daban voces y gritos, diciendo en su lengua:

"¡Viva, viva Solimán sultán, y Hazán Bajá en su nombre!"

Repitieron esto muchas veces, reforzando las voces y los alaridos, y luego le volvieron a la tienda, donde había quedado Alí Bajá, el cual, con el cadí y Hazán, se encerraron en ella por espacio de una hora solos. Dijo Mahamut a Ricardo que se habían encerrado a tratar de lo que convenía hacer en la ciudad cerca de las obras que Alí dejaba comenzadas. De allí a poco tiempo salió el cadí a la puerta de la tienda, y dijo a voces en lengua turquesca, arábiga y griega, que todos los que quisiesen entrar a pedir justicia, o otra cosa contra Alí Bajá, podrían entrar libremente; que allí estaba Hazán Bajá, a quien el Gran Señor enviaba por virrey de Chipre, que les guardaría toda razón y justicia. Con esta licencia, los jenízaros dejaron desocupada la puerta de la tienda y dieron lugar a que entrasen los que quisiesen. Mahamut hizo que entrase con él Ricardo, que, por ser esclavo de Hazán, no se le impidió la entrada.

Entraron a pedir justicia, así griegos cristianos como algunos turcos, y todos de

71

cosas de tan poca importancia, que las más despachó el cadí sin dar traslado a la parte, sin autos, demandas ni respuestas; que todas las causas, si no son las matrimoniales, se despachan en pie y en un punto, más a juicio de buen varón que por ley alguna. Y entre aquellos bárbaros, si lo son en esto, el cadí es el juez competente de todas las causas, que las abrevia en la uña y las sentencia en un soplo, sin que haya apelación de su sentencia para otro tribunal.

En esto entró un chauz, que es como alguacil, y dijo que estaba a la puerta de la tienda un judío que traía a vender una hermosísima cristiana; mandó el cadí que le hiciese entrar, salió el chauz, y volvió a entrar luego, y con él un venerable judío, que traía de la mano a una mujer vestida en hábito berberisco, tan bien aderezada y compuesta que no lo pudiera estar tan bien la más rica mora de Fez ni de Marruecos, que en aderezarse llevan la ventaja a todas las africanas, aunque entren las de Argel con sus perlas tantas. Venía cubierto el rostro con un tafetán carmesí; por las gargantas de los pies, que se descubrían, parecían dos carcajes (que así se llaman las manillas en arábigo), al parecer de puro oro; y en los brazos, que asimismo por una camisa de cendal delgado se descubrían o traslucían, traía otros carcajes de oro sembrados de muchas perlas; en resolución, en cuanto el traje, ella venía rica y gallardamente aderezada.

Admirados *desta* primera vista el

cadí y los demás bajaes, antes que otra cosa dijesen ni preguntasen, mandaron al judío que hiciese que se quitase el antifaz la cristiana. Hízolo así, y descubrió un rostro que así deslumbró los ojos y alegró los corazones de los circunstantes, como el sol que, por entre cerradas nubes, después de mucha oscuridad, se ofrece a los ojos de los que le desean: tal era la belleza de la cautiva cristiana, y tal su brío y su gallardía. Pero en quien con más efecto hizo impresión la maravillosa luz que había descubierto, fue en el lastimado Ricardo, como en aquel que mejor que otro la conocía, pues era su cruel y amada Leonisa, que tantas veces y con tantas lágrimas por él había sido tenida y llorada por muerta.

Quedó a la improvisa vista de la singular belleza de la cristiana traspasado y rendido el corazón de Alí, y en el mismo grado y con la misma herida se halló el de Hazán, sin quedarse exento de la amorosa llaga el del cadí, que, más suspenso que todos, no sabía quitar los ojos de los hermosos de Leonisa. Y, para encarecer las poderosas fuerzas de amor, se ha de saber que en aquel mismo punto nació en los corazones de los tres una, a su parecer, firme esperanza de alcanzarla y de gozarla; y así, sin querer saber el cómo, ni el dónde, ni el cuándo había venido a poder del judío, le preguntaron el precio que por ella quería.

El codicioso judío respondió que cuatro mil doblas, que vienen a ser dos mil escudos; mas, apenas hubo declarado el precio, cuando Alí Bajá dijo que él los daba por ella, y que fuese luego a contar el dinero a su tienda. Empero Hazán Bajá, que estaba de parecer de no dejarla, aunque aventurase en ello la vida, dijo:

—Yo asimismo doy por ella las cuatro mil doblas que el judío pide, y no las diera ni me pusiera a ser contrario de lo que Alí ha dicho si no me forzara lo que él mismo dirá que es razón que me obligue y fuerce, y es que esta gentil esclava no pertenece para ninguno de nosotros, sino para el Gran Señor solamente; y así, digo que en su nombre la compro: veamos ahora quién será el atrevido que me la quite.

—Yo seré —replicó Alí—, porque para el mismo efecto la compro, y estame a mí más a cuento hacer al Gran Señor este presente, por la comodidad de llevarla luego a Constantinopla, granjeando con él la voluntad del Gran Señor; que, como hombre que quedo, Hazán, como tú *rees*, sin cargo alguno, he menester buscar medios de *tenelle*, de lo que tú estás seguro por tres años, pues hoy comienzas a mandar y a gobernar este riquísimo reino de Chipre. Así que, por estas razones y por haber sido yo el primero que ofrecí el precio por la cautiva, está puesto en razón, ¡oh Hazán!, que me la dejes.

—Tanto más es de agradecerme a mí —respondió Hazán— el procurarla y enviarla al Gran Señor, cuanto lo hago sin moverme a ello interés alguno; y, en lo de la comodidad de llevarla, una galeota armaré con sola mi chusma y mis esclavos que la lleve.

Azorose con estas razones Alí, y, levantándose en pie, empuñó el alfanje, diciendo:

—Siendo, ¡oh Hazán!, mis intentos unos, que es presentar y llevar esta cristiana al Gran Señor, y, habiendo sido yo el comprador primero, está puesto en razón y en justicia que me la dejes a mí; y, cuando otra cosa pensares, este alfanje que empuño defenderá mi derecho y castigará tu atrevimiento.

El cadí, que a todo estaba atento, y que no menos que los dos ardía, temeroso de quedar sin la cristiana, imaginó cómo poder atajar el gran fuego que se había encendido, y, juntamente, quedarse con la cautiva, sin dar alguna sospecha de su dañada intención; y así, levantándose en pie, se puso entre los dos, que ya también lo estaban, y dijo:

—Sosiégate, Hazán, y tú, Alí, estate quedo; que yo estoy aquí, que sabré y podré componer vuestras diferencias de manera que los dos consigáis vuestros intentos, y el Gran Señor, como deseáis, sea servido.

A las palabras del cadí obedecieron luego; y aun si otra cosa más dificultosa les mandara, hicieran lo mismo: tanto es el respecto que tienen a sus canas los de aquella dañada secta. Prosiguió, pues, el cadí, diciendo:

—Tú dices, Alí, que quieres esta cristiana para el Gran Señor, y Hazán dice lo mismo; tú alegas que por ser el primero en ofrecer el precio ha de ser tuya; Hazán te lo contradice; y, aunque él no sabe fundar su razón, yo hallo que tiene la misma que tú tienes, y es la intención, que sin duda debió de nacer a un mismo tiempo que la tuya, en querer comprar la esclava para el mismo efecto; sólo le llevaste tú la ventaja en haberte declarado primero, y esto no ha de ser parte para que de todo en todo quede defraudado su buen deseo; y así, me parece ser bien concertaros en esta forma: que la esclava sea de entrambos; y, pues el uso della ha de quedar a la voluntad del Gran Señor, para quien se compró, a él toca disponer della; y, en tanto, pagarás tú, Hazán, dos mil doblas, y Alí otras dos mil, y quedarase la cautiva en poder mío para que en nombre de entrambos yo la envíe a Constantinopla, porque no quede sin algún premio, siquiera por haberme hallado presente; y así, me ofrezco de enviarla a mi costa, con la autoridad y decencia que se debe a quien se envía, escribiendo al Gran Señor todo lo que aquí ha pasado y la voluntad que los dos habéis mostrado a su servicio.

No supieron, ni pudieron, ni quisieron contradecirle los dos enamorados turcos; y, aunque vieron que por aquel camino no conseguían su deseo, hubieron de pasar por el parecer del cadí, formando y criando cada uno allá en su ánimo una esperanza que, aunque dudosa, les prometía poder llegar al fin de sus encendidos deseos. Hazán, que se quedaba por virrey en Chipre, pensaba dar tantas dádivas al cadí que, vencido y obligado, le diese la cautiva; Alí imaginó de hacer un hecho que le aseguró salir con lo que deseaba. Y, teniendo por cierto cada cual su designio, vinieron con facilidad en lo que el cadí quiso, y, de consentimiento y voluntad de los dos, se la entregaron luego, y luego pagaron al judío cada uno dos mil doblas. Dijo el judío que no la había de dar con los vestidos que tenía, porque valían otras dos mil doblas; y así era la verdad, a causa que en los cabellos, que parte por las espaldas sueltos traía y parte atados y enlazados por la frente, se parecían algunas hileras de perlas que con extremada gracia se enredaban con ellos. Las manillas de los pies y manos asimismo venían llenas de gruesas perlas. El vestido era una almalafa de raso verde, toda bordada y llena de trencillas de oro. En fin, les pareció a todos que el judío anduvo corto en el precio que pidió por el vestido, y el cadí, por no mostrarse menos liberal que los dos bajaes, dijo que él quería pagarle, porque de aquella manera se presentase al Gran Señor la cristiana. Tuviéronlo por bien los dos competidores, creyendo cada uno que todo había de venir a su poder.

Falta ahora por decir lo que sintió Ricardo de ver andar en almoneda su alma, y los pensamientos que en aquel punto le vinieron, y los temores que le sobresaltaron, viendo que el haber hallado a su querida prenda era para más perderla; no sabía darse a entender si estaba durmiendo o despierto, no dando crédito a sus mismos ojos de lo que veían, porque le parecía cosa imposible ver tan impensadamente delante dellos a la que pensaba que para siempre los había cerrado. Llegose en esto a su amigo Mahamut y díjole:

—¿No la conoces, amigo?

—No la conozco —dijo Mahamut.

—Pues has de saber —replicó Ricardo— que es Leonisa.

—¿Qué es lo que dices, Ricardo? —dijo Mahamut.

—Lo que has oído —dijo Ricardo.

—Pues calla y no la descubras —dijo Mahamut—, que la ventura va ordenando que la tengas buena y próspera, porque ella va a poder de mi amo.

—¿Parécete —dijo Ricardo— que será bien ponerme en parte donde pueda ser visto?

—No —dijo Mahamut— porque no la sobresaltes o te sobresaltes, y no vengas a dar indicio de que la conoces ni que la has visto; que podría ser que redundase en perjuicio de mi designio.

—Seguiré tu parecer —respondió Ricardo.

Y ansí, anduvo huyendo de que sus ojos se encontrasen con los de Leonisa, la cual tenía los suyos, en tanto que esto pasaba, clavados en el suelo, derramando algunas lágrimas. Llegose el cadí a ella, y, asiéndola de la mano, se la entregó a Mahamut, mandándole que la llevase a la ciudad y se la entregase a su señora Halima, y le dijese la tratase como a esclava del Gran Señor. Hízolo así Mahamut y dejó sólo a Ricardo, que con los ojos fue siguiendo a su estrella hasta que se le encubrió con la nube de los muros de Nicosia. Llegose al judío y preguntole que adónde había comprado, o en qué modo había venido a su poder aquella cautiva cristiana. El judío le respondió que en la isla de la Pantanalea la había comprado a unos turcos que allí habían dado al través; y, queriendo proseguir adelante, lo estorbó el venirle a llamar de parte de los bajaes, que querían preguntarle lo que Ricardo deseaba saber; y con esto se despidió dél.

En el camino que había desde las tiendas a la ciudad, tuvo lugar Mahamut de preguntar a Leonisa, en lengua italiana, que de qué lugar era. La cual le respondió que de la ciudad de Trápana. Preguntole asimismo Mahamut si conocía en aquella ciudad a un caballero rico y noble que se llamaba Ricardo.

Oyendo lo cual Leonisa, dio un gran suspiro y dijo:

—Sí conozco, por mi mal.

—¿Cómo por vuestro mal? —dijo Mahamut.

—Porque él me conoció a mí por el suyo y por mi desventura —respondió Leonisa.

—¿Y, por ventura —preguntó Mahamut—, conocistes también en la misma ciudad a otro caballero de gentil disposición, hijo de padres muy ricos, y él por su persona muy valiente, muy liberal y muy discreto, que se llamaba Cornelio?

—También le conozco —respondió Leonisa—, y podré decir más por mi mal que no a Ricardo. Mas, ¿quién sois vos, señor, que los conocéis y por ellos me preguntáis?

—Soy —dijo Mahamut— natural de Palermo, que por varios accidentes estoy en este traje y vestido, diferente del que yo solía traer, y conózcolos porque no ha muchos días que entrambos estuvieron en mi poder, que a Cornelio le cautivaron unos moros de Trípoli de Berbería y le vendieron a un turco que le trujo a esta isla, donde vino con mercancías, porque es mercader de Rodas, el cual fiaba de Cornelio toda su hacienda.

—Bien se la sabrá guardar —dijo

Leonisa—, porque sabe guardar muy bien la suya; pero decidme, señor, ¿cómo o con quién vino Ricardo a esta isla?

—Vino —respondió Mahamut— con un cosario que le cautivó estando en un jardín de la marina de Trápana, y con él dijo que habían cautivado a una doncella que nunca me quiso decir su nombre. Estuvo aquí algunos días con su amo, que iba a visitar el sepulcro de Mahoma, que está en la ciudad de Almedina, y al tiempo de la partida cayó Ricardo muy enfermo e indispuesto, que su amo me lo dejó, por ser de mi tierra, para que le curase y tuviese cargo *del* hasta su vuelta, o que si por aquí no volviese, se le enviase a Constantinopla, que él me avisaría cuando allá estuviese. Pero el cielo lo ordenó de otra manera, pues el sin ventura de Ricardo, sin tener accidente alguno, en pocos días se acabaron los de su vida, siempre llamando entre sí a una Leonisa, a quien él me había dicho que quería más que a su vida y a su alma; la cual Leonisa me dijo que en una galeota que había dado al través en la isla de la Pantanalea se había ahogado, cuya muerte siempre lloraba y siempre plañía, hasta que le trujo a término de perder la vida, que yo no le sentí enfermedad en el cuerpo, sino muestras de dolor en el alma.

—Decidme, señor —replicó Leonisa—, ese mozo que decís, en las pláticas que trató con vos (que, como de una patria, debieron ser muchas), ¿nombró alguna vez a esa Leonisa con todo el modo con que a ella y a Ricardo cautivaron?

—Sí nombró —dijo Mahamut—, y me preguntó si había aportado por esta isla una cristiana *dese* nombre, de tales y tales señas, a la cual holgaría de hallar para rescatarla, si es que su amo se había ya desengañado de que no era tan rica como él pensaba, aunque podía ser que por haberla gozado la tuviese en menos; que, como no pasasen de trecientos o cuatrocientos escudos, él los daría de muy buena gana por ella, porque un tiempo la había tenido alguna afición.

—Bien poca debía de ser —dijo Leonisa—, pues no pasaba de cuatrocientos escudos; más liberal es Ricardo, y más valiente y comedido; Dios perdone a quien fue causa de su muerte, que fui yo, que yo soy la sin ventura que él lloró por muerta; y sabe Dios si holgara de que él fuera vivo para pagarle con el sentimiento, que viera que tenía de su desgracia el que él mostró de la mía. Yo, señor, como ya os he dicho, soy la poco querida de Cornelio y la bien llorada de Ricardo, que, por muy muchos y varios casos, he venido a este miserable estado en que me veo; y, aunque es tan peligroso, siempre, por favor del cielo, he conservado en él la entereza de mi honor, con la cual vivo contenta en mi miseria. Ahora, ni sé dónde estoy, ni quién es mi dueño, ni adónde han de dar conmigo mis contrarios hados, por lo cual os ruego, señor, siquiera por la sangre que de cristiano tenéis, me aconsejéis en mis trabajos; que, puesto que el ser muchos me han hecho algo advertida, sobrevienen cada momento tantos y tales, que no sé cómo me he de avenir con ellos.

A lo cual respondió Mahamut que él haría lo que pudiese en servirla, aconsejándola y ayudándola con su ingenio y con sus fuerzas; advirtiola de la diferencia que por su causa habían tenido los dos *bajaes*, y cómo quedaba en poder del cadí, su amo, para llevarla presentada al Gran Turco Selín a Constantinopla; pero que, antes que esto tuviese efecto, tenía esperanza en el verdadero Dios, en quien él creía, aunque mal cristiano, que lo había de disponer de otra manera, y que la aconsejaba se hubiese bien con Halima, la mujer del cadí, su amo, en cuyo poder había de estar hasta que la enviasen a Constantinopla, advirtiéndola de la condición de Halima; y con ésas le dijo otras cosas de su provecho, hasta que la dejó en su casa y en poder de Halima, a quien dijo el recaudo de su amo.

Recibiola bien la mora por verla tan bien aderezada y tan hermosa. Mahamut se volvió a las tiendas a contar a Ricardo lo que con Leonisa le había pasado; y, hallándole, se lo contó todo punto por punto, y, cuando llegó al del sentimiento que Leonisa había hecho cuando le dijo que era muerto, casi se le vinieron las lágrimas a los ojos. Díjole cómo había fingido el cuento del cautiverio de Cornelio, por ver lo que ella sentía; advirtiole la tibieza y la malicia con que de Cornelio había hablado; todo lo cual fue víctima para el afligido corazón de Ricardo, el cual dijo a Mahamut:

—Acuérdome, amigo Mahamut, de un cuento que me contó mi padre, que ya sabes cuán curioso fue, y oíste cuánta honra le hizo el Emperador Carlos Quinto, a quien siempre sirvió en honrosos cargos de la guerra. Digo que me contó que, cuando el Emperador estuvo sobre Túnez, y la tomó con la fuerza de la Goleta, estando un día en la campaña y en su tienda, le trajeron a presentar una mora por cosa singular en belleza, y que al tiempo que se la presentaron entraban algunos rayos del sol por unas partes de la tienda y daban en los cabellos de la mora, que con los mismos del sol en ser rubios competían: cosa nueva en las moras, que siempre se precian de tenerlos negros.

Contaba que en aquella ocasión se hallaron en la tienda, entre otros muchos, dos caballeros españoles: el uno era andaluz y el otro era catalán, ambos muy discretos y ambos poetas; y, habiéndola visto el andaluz, comenzó con admiración a decir unos versos que ellos llaman coplas, con unas consonancias o consonantes dificultosos, y, parando en los cinco versos de la copla, se detuvo sin darle fin ni a la copla ni a la sentencia, por no ofrecérsele tan de improviso los consonantes necesarios para acabarla; mas el otro caballero, que estaba a su lado y había oído los versos, viéndole suspenso, como si le hurtara la media copla de la boca, la prosiguió y acabó con las mismas consonancias. Y esto mismo se me vino a la memoria cuando vi entrar a la hermosísima Leonisa por la tienda del bajá, no solamente escureciendo los rayos del sol si la tocaran, sino a todo el cielo con sus estrellas.

—Paso, no más —dijo Mahamut—; detente, amigo Ricardo, que a cada paso temo que has de pasar tanto la raya en las alabanzas de tu bella Leonisa que, dejando de parecer cristiano, parezcas gentil. Dime, si quieres, esos versos o coplas, o como los llamas, que después hablaremos en otras cosas que sean de más gusto, y aun quizá de más provecho.

—En *buen* hora —dijo Ricardo—; y vuélvote a advertir que los cinco versos dijo el uno y los otros cinco el otro, todos de improviso; y son estos:

Como cuando el sol asoma

por una montaña baja

y de súpito nos toma,

y con su vista nos doma

nuestra vista y la relaja;

como la piedra balaja[1],

que no consiente carcoma,

tal es el tu rostro, Aja,

dura lanza de Mahoma,

que las mis entrañas raja.

—Bien me suenan al oído —dijo Mahamut—, y mejor me suena y me parece que estés para decir versos, Ricardo, porque el decirlos o el hacerlos requieren ánimos de ánimos desapasionados.

—También se suelen —respondió

---

[1] La piedra *balaja* es un término literario de Cervantes, probablemente una corrupción de «balaj» o «balajes», balaustres de mármol o piedra, que se usa para describir un rostro duro y resistente a la *carcoma* (corrupción o deterioro), comparándolo con la durabilidad de estas piedras preciosas o materiales finos de origen oriental (IA).

Ricardo— llorar endechas[2], como cantar himnos, y todo es decir versos; pero, dejando esto aparte, dime qué piensas hacer en nuestro negocio, que, puesto que no entendí lo que los bajaes trataron en la tienda, en tanto que tú llevaste a Leonisa, me lo contó un renegado de mi amo, veneciano, que se halló presente y entiende bien la lengua turquesca; y lo que es menester ante todas cosas es buscar traza cómo Leonisa no vaya a mano del Gran Señor.

—Lo primero que se ha de hacer —respondió Mahamut— es que tú vengas a

---

[2] Llorar endechas se refiere a lamentarse o afligirse profundamente, expresando dolor mediante cantos o poemas tristes, llamados endechas, que tradicionalmente se cantaban en funerales para llorar a los difuntos, especialmente populares en la España medieval y renacentista. Es una forma de elegía fúnebre, un canto lastimero que evoca tristeza, desolación y pérdida, a menudo con versos cortos y asonantes (IA).

poder de mi amo; que, esto hecho, después nos aconsejaremos en lo que más nos conviniere.

En esto, vino el guardián de los cautivos cristianos de Hazán, y llevó consigo a Ricardo. El cadí volvió a la ciudad con Hazán, que en breves días hizo la residencia de Alí y se la dio cerrada y sellada, para que se fuese a Constantinopla. Él se fue luego, dejando muy encargado al cadí que con brevedad enviase la cautiva, escribiendo al Gran Señor de modo que le aprovechase para sus pretensiones. Prometióselo el cadí con traidoras entrañas, porque las tenía hechas ceniza por la cautiva. Ido Alí lleno de falsas esperanzas, y quedando Hazán no vacío de ellas, Mahamut hizo de modo que Ricardo vino a poder de su amo. Íbanse los días, y el deseo de ver a Leonisa apretaba tanto a Ricardo, que no alcanzaba un punto de sosiego. Mudose Ricardo el nombre en el de Mario, porque no llegase el suyo a oídos de Leonisa antes que él la viese; y el verla era muy dificultoso, a causa que los moros son en extremo celosos y encubren de todos los hombres los rostros de sus mujeres, puesto que en mostrarse ellas a los cristianos no se les hace de mal; quizá debe de ser que, por ser cautivos, no los tienen por hombres cabales.

Avino, pues, que un día la señora Halima vio a su esclavo Mario, y tan visto y tan mirado fue, que se le quedó grabado en el corazón y fijo en la memoria; y, quizá poco contenta de los abrazos flojos de su anciano marido, con facilidad dio lugar a un mal deseo, y con la misma dio cuenta dél a Leonisa, a quien ya quería mucho por su agradable condición y proceder discreto, y tratábala con mucho respeto, por ser prenda del Gran Señor. Díjole cómo el cadí había traído a casa un cautivo cristiano, de tan gentil donaire y parecer, que a sus ojos no había visto más lindo hombre en toda su vida, y que decían que era *chilibí* (que quiere decir caballero) y de la misma tierra de Mahamut, su renegado, y que no sabía cómo darle a entender su voluntad, sin que el cristiano la tuviese en poco por habérsela declarado. Preguntole Leonisa cómo se llamaba el cautivo, y díjole Halima que se llamaba Mario; a lo cual replicó Leonisa:

—Si él fuera caballero y del lugar

que dicen, yo le conociera, más dese nombre Mario no hay ninguno en Trápana; pero haz, señora, que yo le vea y hable, que te diré quién es y lo que dél se puede esperar.

—Así será —dijo Halima—, porque el viernes, cuando esté el cadí haciendo la zalá en la mezquita, le haré entrar acá dentro, donde le podrás hablar a solas; y si te pareciere darle indicios de mi deseo, haraslo por el mejor modo que pudieres.

Esto dijo Halima a Leonisa, y no habían pasado dos horas cuando el cadí llamó a Mahamut y a Mario, y, con no menos eficacia que Halima había descubierto su pecho a Leonisa, descubrió el enamorado viejo el suyo a sus dos esclavos, pidiéndoles consejo en lo que haría para gozar de la cristiana y cumplir con el Gran Señor, cuya ella era, diciéndoles que antes pensaba morir mil veces que *entregalla* una al Gran Turco. Con tales afectos decía su pasión el religioso moro, que la puso en los corazones de sus dos esclavos, que todo lo contrario de lo que él pensaba pensaban. Quedó puesto entre ellos que Mario, como hombre de su tierra, aunque había dicho que no la conocía, tomase la mano en solicitarla y en declararle la voluntad suya; y, cuando por este modo no se pudiese alcanzar, que usaría el de la fuerza, pues estaba en su poder. Y, esto hecho, con decir que era muerta, se excusarían de enviarla a Constantinopla.

Contentísimo quedó el cadí con el parecer de sus esclavos, y, con la imaginada alegría, ofreció desde luego libertad a Mahamut, mandándole la mitad de su hacienda después de sus días; asimismo prometió a Mario, si alcanzaba lo que quería, libertad y dineros con que volviese a su tierra rico, honrado y contento. Si él fue liberal en prometer, sus cautivos fueron pródigos ofreciéndole de alcanzar la luna del cielo, cuanto más a Leonisa, como él diese comodidad de hablarla.

—Esa daré yo a Mario cuanta él quisiere —respondió el cadí—, porque haré que Halima se vaya en casa de sus padres, que son griegos cristianos, por algunos días; y, estando fuera, mandaré al portero que deje entrar a Mario dentro de casa todas las veces que él quisiere, y diré a Leonisa que bien podrá hablar con su paisano cuando le diere gusto.

Desta manera comenzó a volver el viento de la ventura de Ricardo, soplando en su favor, sin saber lo que hacían sus mismos amos.

Tomado, pues, entre los tres este apuntamiento, quien primero le puso en plática fue Halima, bien así como mujer, cuya naturaleza es fácil y arrojadiza para todo aquello que es de su gusto. Aquel mismo día dijo el cadí a Halima que cuando quisiese podría irse a casa de sus padres a holgarse con ellos los días que gustase. Pero, como ella estaba alborozada con las esperanzas que Leonisa le había dado, no sólo no se fuera a casa de sus padres, sino al fingido paraíso de Mahoma no quisiera irse; y así, le respondió que por entonces no tenía tal voluntad, y que cuando ella la tuviese lo diría, mas que había de llevar consigo a la cautiva cristiana.

—Eso no —replicó el cadí—, que no es bien que la prenda del Gran Señor sea vista de nadie; y más, que se le ha de quitar que converse con cristianos, pues sabéis que, en llegando a poder del Gran Señor, la han de encerrar en el serrallo y volverla turca, quiera o no quiera.

—Como ella ande conmigo —replicó Halima—, no importa que esté en casa de mis padres, ni que comunique con ellos, que más comunico yo, y no dejo por eso de ser buena turca; y más, que lo más que pienso estar en su casa serán hasta cuatro o cinco días, porque el amor que os tengo no me dará licencia para estar tanto ausente y sin veros.

No la quiso replicar el cadí, por no darle ocasión de engendrar alguna sospecha de su intención.

Llegose en esto el viernes, y él se fue a la mezquita, de la cual no podía salir en casi cuatro horas; y, apenas le vio Halima apartado de los umbrales de casa, cuando mandó llamar a Mario; mas no le dejaba entrar un cristiano corso que servía de portero en la puerta del patio, si Halima no le diera voces que le dejase; y así, entró confuso y temblando, como si fuera a pelear con un ejército de enemigos.

Estaba Leonisa del mismo modo y traje que cuando entró en la tienda del

Bajá, sentada al pie de una escalera grande de mármol que a los corredores subía.

Tenía la cabeza inclinada sobre la
palma de la mano derecha y el brazo sobre las rodillas, los ojos a la parte contra-
ria de la puerta por donde entró Mario, de
manera que, aunque él iba hacia la parte
donde ella estaba, ella no le veía. Así como entró Ricardo, paseó toda la casa con
los ojos, y no vio en toda ella sino un
mudo y sosegado silencio, hasta que paró
la vista donde Leonisa estaba. En un instante, al enamorado Ricardo le sobrevi-
nieron tantos pensamientos, que le suspendieron y alegraron, considerándose
veinte pasos, a su parecer, o poco más,
desviado de su felicidad y contento: con-
siderábase cautivo, y a su gloria en poder
ajeno. Estas cosas revolviendo entre sí

mismo, se movían poco a poco, y, con temor y sobresalto, alegre y triste, temeroso y esforzado, se iba llegando al centro donde estaba el de su alegría, cuando a deshora volvió el rostro Leonisa, y puso los ojos en los de Mario, que atentamente la miraba. Mas, cuando la vista de los dos se encontraron, con diferentes efectos dieron señal de lo que sus almas habían sentido. Ricardo se paró y no pudo echar pie adelante; Leonisa, que por la relación de Mahamut tenía a Ricardo por muerto, y el verle vivo tan no esperadamente, llena de temor y espanto, sin quitar dél los ojos ni volver las espaldas, volvió atrás cuatro o cinco escalones, y, sacando una pequeña cruz del seno, la besaba muchas veces, y se santiguó infinitas, como si alguna fantasma *o* otra cosa del otro mundo estuviera mirando.

Volvió Ricardo de su embelesamiento, y conoció, por lo que Leonisa hacía, la verdadera causa de su temor, y así le dijo:

—A mí me pesa, ¡oh hermosa Leonisa!, que no hayan sido verdad las nuevas que de mi muerte te dio Mahamut, porque con ella excusara los temores que ahora tengo de pensar si todavía está en su ser y entereza el rigor que continuo has usado conmigo. Sosiégate, señora, y baja, y si te atreves a hacer lo que nunca hiciste, que es llegarte a mí, llega y verás que no soy cuerpo fantástico: Ricardo soy, Leonisa; Ricardo, el de tanta ventura cuanta tú quisieres que tenga.

Púsose Leonisa en esto el dedo en la boca, por lo cual entendió Ricardo que era señal de que callase o hablase más quedo; y, tomando algún poco de ánimo, se fue llegando a ella en distancia que pudo oír estas razones:

—Habla paso, Mario, que así me parece que te llamas ahora, y no trates de otra cosa de la que yo te tratare; y advierte que podría ser que el habernos oído fuese parte para que nunca nos volviésemos a ver. Halima, nuestra ama, creo que nos escucha, la cual me ha dicho que te adora; hame puesto por intercesora de su deseo. Si a él quisieres corresponder, aprovecharte ha más para el cuerpo que para el alma; y, cuando no quieras, es forzoso que lo finjas, siquiera porque yo te lo ruego y por lo que merecen deseos de mujer declarados.

A esto respondió Ricardo:

—Jamás pensé ni pude imaginar,

hermosa Leonisa, que cosa que me pidieras trajera consigo imposible de cumplirla, pero la que me pides me ha desengañado. ¿Es por ventura la voluntad tan ligera que se pueda mover y llevar donde quisieren llevarla, o estarle ha bien al varón honrado y verdadero fingir en cosas de tanto peso? Si a ti te parece que alguna destas cosas se debe o puede hacer, haz lo que más gustares, pues eres señora de mi voluntad; mas ya sé que también me engañas en esto, pues jamás la has conocido, y así no sabes lo que has de hacer della. Pero, a trueco que no digas que en la primera cosa que me mandaste dejaste de ser obedecida, yo perderé del derecho que debo a ser quien soy, y satisfaré tu deseo y el de Halima fingidamente, como dices, si es que se ha de granjear con esto el bien de verte; y así, finge tú las respuestas a tu gusto, que desde aquí las firma y confirma mi fingida voluntad.

Y, en pago desto que por ti hago (que es lo más que a mi parecer podré hacer, aunque de nuevo te dé el alma que tantas veces te he dado), te ruego que brevemente me digas cómo escapaste de las manos de los cosarios y cómo veniste a las del judío que te vendió.

—Más espacio —respondió Leonisa— pide el cuento de mis desgracias, pero, con todo eso, te quiero satisfacer en algo. «Sabrás, pues, que, al cabo de un día que nos apartamos, volvió el bajel de Yzuf con un recio viento a la misma isla de la Pantanalea, donde también vimos a vuestra galeota; pero la nuestra, sin poderlo remediar, embistió en las peñas. Viendo, pues, mi amo tan a los ojos su perdición, vació con gran presteza dos barriles que estaban llenos de agua, tapolos muy bien, y atolos con cuerdas el uno con el otro; púsome a mí entre ellos, desnudose luego, y, tomando otro barril entre los brazos, se ató con un cordel el cuerpo, y con el mismo cordel dio cabo a mis barriles, y con grande ánimo se arrojó a la mar, llevándome tras sí. Yo no tuve ánimo para arrojarme, que otro turco me impelió y me arrojó tras Yzuf, donde caí sin ningún sentido, ni volví en mí hasta que me hallé en tierra en brazos de dos turcos, que vuelta la boca al suelo me tenían, derramando gran cantidad de agua que había bebido.

»Abrí los ojos, atónita y espantada, y vi a Yzuf junto a mí, hecha la cabeza pedazos; que, según después supe, al llegar a tierra dio con ella en las peñas, donde acabó la vida. Los turcos asimismo me dijeron que, tirando de la cuerda, me sacaron a tierra casi ahogada; solas ocho personas se escaparon de la desdichada galeota.

»Ocho días estuvimos en la isla, guardándome los turcos el mismo respecto que si fuera su hermana, y aún más. Estábamos escondidos en una cueva, temerosos ellos que no bajasen de una fuerza de cristianos que está en la isla y los cautivasen; sustentáronse con el bizcocho mojado que la mar echó a la orilla, de lo que llevaban en la galeota, lo cual salían a coger de noche. Ordenó la suerte, para mayor mal mío, que la fuerza estuviese sin capitán, que pocos días había que era muerto, y en la fuerza no había sino veinte soldados; esto se supo de un muchacho que los turcos cautivaron, que bajó de la fuerza a coger conchas a la marina. A los ocho días llegó a aquella costa un bajel de moros, que ellos llaman caramuzales; viéronle los turcos, y salieron de donde estaban, y, haciendo señas al bajel, que estaba cerca de tierra, tanto que conoció ser turcos los que los llamaban, ellos contaron sus desgracias, y los moros los recibieron en su bajel, en el cual venía un judío, riquísimo mercader, y toda la mercancía del bajel, o la más, era suya; era de barraganes y alquiceles y de otras cosas que de Berbería se llevaban a Levante. En el mismo bajel los turcos se fueron a Trípoli, y en el camino me vendieron al judío, que dio por mí dos mil doblas, precio excesivo, si no le hiciera liberal el amor que el judío me descubrió.

»Dejando, pues, los turcos en Trípoli, tornó el bajel a hacer su viaje, y el judío dio en solicitarme descaradamente; yo le hice la cara que merecían sus torpes deseos. Viéndose, pues, desesperado de alcanzarlos, determinó de deshacerse de mí en la primera ocasión que se le ofreciese. Y, sabiendo que los dos bajaes, Alí y Hazán, estaban en aquesta isla, donde podía vender su mercaduría tan bien como en Xío[3], en quien pensaba venderla, se vino aquí con intención de venderme a alguno de los dos bajaes, y por eso me vistió de la manera que ahora me vees, por aficionarles la voluntad a que me comprasen. He sabido que me ha comprado este cadí para llevarme a presentar al Gran Turco, de que no estoy poco temerosa. Aquí he sabido de tu fingida muerte, y sete decir, si lo quieres creer, que me pesó en el alma y que te tuve más envidia que lástima; y no por quererte mal, que ya que soy desamorada, no soy ingrata ni desconocida, sino porque habías acabado con la tragedia de tu vida».

—No dices mal, señora —respondió Ricardo—, si la muerte no me hubiera es-

---

[3] Xío: puede tratarse de una localidad del mismo nombre de la provincia de La Coruña.

torbado el bien de volver a verte; que ahora en más estimo este instante de gloria que gozo en mirarte, que otra ventura, como no fuera la eterna, que en la vida o en la muerte pudiera asegurarme mi deseo. El que tiene mi amo el cadí, a cuyo poder he venido por no menos varios accidentes que los tuyos, es el mismo para contigo que para conmigo lo es el de Halima. Hame puesto a mí por intérprete de sus pensamientos; acepté la empresa, no por darle gusto, sino por el que granjeaba en la comodidad de hablarte, porque veas, Leonisa, el término a que nuestras desgracias nos han traído: a ti a ser medianera de un imposible, que en lo que me pides conoces; a mí a serlo también de la cosa que menos pensé, y de la que daré por no *alcanzalla* la vida, que ahora estimo en lo que vale la alta ventura de verte.

—No sé qué te diga, Ricardo —replicó Leonisa—, ni qué salida se tome al laberinto donde, como dices, nuestra corta ventura nos tiene puestos. Sólo sé decir que es menester usar en esto lo que de nuestra condición no se puede esperar, que es el fingimiento y engaño; y así, digo que de ti daré a Halima algunas razones que antes la entretengan que desesperen. Tú de mí podrás decir al cadí lo que para seguridad de mi honor y de su engaño vieres que más convenga; y, pues yo pongo mi honor en tus manos, bien puedes creer dél que le tengo con la entereza y verdad que podían poner en duda tantos caminos como he andado, y tantos combates como he sufrido. El hablarnos será fácil y a mí será de grandísimo gusto el hacello, con presupuesto que jamás me has de tratar cosa que a tu declarada pretensión pertenezca, que en la hora que tal hicieres, en la misma me despediré de verte, porque no quiero que pienses que es de tan pocos quilates mi valor, que ha de hacer con él la cautividad lo que la libertad no pudo: como el oro tengo de ser, con el favor del cielo, que mientras más se acrisola, queda con más pureza y más limpio. Conténtate con que he dicho que no me dará, como solía, fastidio tu vista, porque te hago saber, Ricardo, que siempre te tuve por desabrido y arrogante, y que presumías de ti algo más de lo que debías.

Confieso también que me engañaba, y que podría ser que hacer ahora la experiencia me pusiese la verdad delante de los ojos el desengaño; y, estando desengañada, fuese, con ser honesta, más humana. Vete con Dios, que temo no nos haya escuchado Halima, la cual entiende algo de la lengua cristiana, a lo menos de aquella mezcla de lenguas que se usa, con que todos nos entendemos.

—Dices muy bien, señora —respondió Ricardo—, y agradézcote infinito el desengaño que me has dado, que le estimo en tanto como la merced que me haces en dejar verte; y, como tú dices, quizá la experiencia te dará a entender cuán llana es mi condición y cuán humilde, especialmente para adorarte; y sin que tú pusieras término ni raya a mi trato, fuera él tan honesto para contigo que no acertaras a desearle mejor. En lo que toca a entretener al cadí, vive descuidada; haz tú lo mismo con Halima, y entiende, señora, que después que te he visto ha nacido en mí una esperanza tal, que me asegura que presto hemos de alcanzar la libertad deseada. Y, con esto, quédate con Dios, que otra vez te contaré los rodeos por donde la fortuna me trujo a este estado, después que de ti me aparté, o, por mejor decir, me apartaron.

Con esto, se despidieron, y quedó Leonisa contenta y satisfecha del llano proceder de Ricardo, y él contentísimo de haber oído una palabra de la boca de Leonisa sin aspereza.

Estaba Halima cerrada en su aposento, rogando a Mahoma trajese Leonisa buen despacho de lo que le había encomendado. El cadí estaba en la mezquita recompensando con los suyos los deseos de su mujer, teniéndolos solícitos y colgados de la respuesta que esperaba oír de su esclavo, a quien había dejado encargado hablase a Leonisa, pues para poderlo hacer le daría comodidad Mahamut, aunque Halima estuviese en casa. Leonisa acrecentó en Halima el torpe deseo y el amor, dándole muy buenas esperanzas que Mario haría todo lo que pidiese; pero que había de dejar pasar primero dos lunes, antes que concediese con lo que deseaba él mucho más que ella; y este tiempo y término pedía, a causa que hacía una plegaria y oración a Dios para que le diese libertad. Contentose Halima de la disculpa y de la relación de su querido Ricardo, a quien ella diera libertad antes del término devoto, como él concediera con su deseo; y así, rogó a Leonisa le rogase dispensase con el tiempo y acortase la dilación, que ella le ofrecía cuanto el cadí pidiese por su rescate.

Antes que Ricardo respondiese a su amo, se aconsejó con Mahamut de qué le respondería; y acordaron entre los dos que le desesperasen y le aconsejasen que lo más presto que pudiese la llevase a Constantinopla, y que en el camino, o por grado o por fuerza, alcanzaría su deseo; y que, para el inconveniente que se podía ofrecer de cumplir con el Gran Señor, sería bueno comprar otra esclava, y en el viaje fingir o hacer de modo como Leonisa cayese enferma, y que una noche echarían la cristiana comprada a la mar, diciendo que era Leonisa, la cautiva del Gran Señor, que se había muerto; y que esto se podía hacer y se haría en modo que jamás la verdad fuese descubierta, y él quedase sin culpa con el Gran Señor y con el cumplimiento de su voluntad; y que, para la duración de su gusto, después se daría traza conveniente y más provechosa. Estaba tan ciego el mísero y anciano cadí que, si otros mil disparates le dijeran, como fueran encaminados a cumplir sus esperanzas, todos los creyera; cuanto más, que le pareció que todo lo que le decían llevaba buen camino y prometía próspero suceso; y así era la verdad, si la intención de los dos consejeros no fuera levantarse con el bajel y darle a él la muerte en pago de sus locos pensamientos. Ofreciosele al cadí otra dificultad, a su parecer mayor de las que en aquel caso se le podía ofrecer; y era pensar que su mujer Halima no le había de dejar ir a Constantinopla si no la llevaba consigo; pero presto la facilitó, diciendo que en cambio de la cristiana que habían de comprar para que muriese por Leonisa, serviría Halima, de quien deseaba librarse más que de la muerte.

Con la misma facilidad que él lo pensó, con la misma se lo concedieron Mahamut y Ricardo; y, quedando firmes en esto, aquel mismo día dio cuenta el cadí a Halima del viaje que pensaba hacer a

Constantinopla a llevar la cristiana al Gran Señor, de cuya liberalidad esperaba que le hiciese Gran Cadí del Cairo o de Constantinopla. Halima le dijo que le parecía muy bien su determinación, creyendo que se dejaría a Ricardo en casa; mas, cuando el cadí le certificó que le había de llevar consigo y a Mahamut también, tornó a mudar de parecer y a desaconsejarle lo que primero le había aconsejado. En resolución, concluyó que si no la llevaba consigo, no pensaba dejarle ir en ninguna manera. Contentose el cadí de hacer lo que ella quería, porque pensaba sacudir presto de su cuello aquella para él tan pesada carga.

No se descuidaba en este tiempo Hazán Bajá de solicitar al cadí le entregase la esclava, ofreciéndole montes de oro, y habiéndole dado a Ricardo de balde, cuyo rescate apreciaba en dos mil escudos; facilitábale la entrega con la misma industria que él se había imaginado de hacer muerta la cautiva cuando el Gran Turco enviase por ella. Todas estas dádivas y promesas aprovecharon con el cadí no más de ponerle en la voluntad que abreviase su partida. Y así, solicitado de su deseo y de las importunaciones de Hazán, y aun de las de Halima, que también fabricaba en el aire vanas esperanzas, dentro de veinte días aderezó un bergantín de quince bancos, y le armó de buenas boyas, moros y de algunos cristianos griegos. Embarcó en él toda su riqueza, y Halima no dejó en su casa cosa de momento, y rogó a su marido que la dejase llevar consigo a sus padres, para que viesen a Constantinopla. Era la intención de Halima la misma que la de Mahamut: hacer con él y con Ricardo que en el camino se alzasen con el bergantín; pero no les quiso declarar su pensamiento hasta verse embarcada, y esto con voluntad de irse a tierra de cristianos, y volverse a lo que primero había sido, y casarse con Ricardo, pues era de creer que, llevando tantas riquezas consigo y volviéndose cristiana, no dejaría de tomarla por mujer.

En este tiempo habló otra vez Ricardo con Leonisa y le declaró toda su intención, y ella le dijo la que tenía Halima, que con ella había comunicado; encomendáronse los dos el secreto, y, encomendándose a Dios, esperaban el día de la partida, el cual llegado, salió Hazán acompañándolos hasta la marina con todos sus soldados, y no los dejó hasta que se hicieron a la vela, ni aun quitó los ojos del bergantín hasta perderle de vista; y parece que el aire de los suspiros que el enamorado moro arrojaba impelía con mayor fuerza las velas que le apartaban y llevaban el alma. Mas como aquel a quien el amor había tanto tiempo que sosegar no le dejaba, pensando en lo que había de hacer para no morir a manos de sus deseos, puso luego por obra lo que con largo discurso y resoluta determinación tenía pensado; y así, en un bajel de diez y siete bancos, que en otro puerto había hecho armar, puso en él cincuenta soldados, todos amigos y conocidos suyos, y a quien él tenía obligados con muchas dádivas y promesas, y dioles orden que saliesen al camino y tomasen el bajel del cadí y sus riquezas, pasando a cuchillo cuantos en él iban, si no fuese a Leonisa la cautiva; que a ella sola quería por despojo aventajado a los muchos haberes que el bergantín llevaba; ordenoles también que le echasen a fondo, de manera que ninguna cosa quedase que pudiese dar indicio de su perdición. La codicia del saco les puso alas en los pies y esfuerzo en el corazón, aunque bien vieron cuán poca defensa habían de hallar en los del bergantín, según iban desarmados y sin sospecha de semejante acontecimiento.

Dos días había ya que el bergantín

caminaba, que al cadí se le hicieron dos siglos, porque luego en el primero quisiera poner en efecto su determinación; mas aconsejáronle sus esclavos que convenía primero hacer de suerte que Leonisa cayese mala, para dar color a su muerte, y que esto había de ser con algunos días de enfermedad. Él no quisiera sino decir que había muerto de repente, y acabar presto con todo, y despachar a su mujer y aplacar el fuego que las entrañas poco a poco le iba consumiendo; pero, en efecto, hubo de condescender con el parecer de los dos.

Ya en esto había Halima declarado su intento a Mahamut y a Ricardo, y ellos estaban en ponerlo por obra al pasar de las cruces de Alejandría, o al entrar de los castillos de la Natolia[4]. Pero fue tanta la priesa que el cadí les daba, que se ofrecieron de hacerlo en la primera comodidad que se les ofreciese. Y un día, al cabo de seis que navegaban y que ya le parecía al cadí que bastaba el fingimiento de la enfermedad de Leonisa, importunó a sus esclavos que otro día concluyesen con Halima, y la arrojasen al mar amortajada, diciendo ser la cautiva del Gran Señor.

Amaneciendo, pues, el día en que, según la intención de Mahamut y de Ricardo, había de ser el cumplimiento de sus deseos, o del fin de sus días, descubrieron un bajel que a vela y remo les venía dando caza. Temieron fuese de cosarios cristianos, de los cuales, ni los unos

---

[4] Por Anatolia, término utilizado en ese tiempo.

ni los otros podían esperar buen suceso; porque, de serlo, se temía ser los moros cautivos, y los cristianos, aunque quedasen con libertad, quedarían desnudos y robados; pero Mahamut y Ricardo con la libertad de Leonisa y de la de entrambos se contentaran; con todo esto que se imaginaban, temían la insolencia de la gente cosaria, pues jamás la que se da a tales ejercicios, de cualquiera ley o nación que sea, deja de tener un ánimo cruel y una condición insolente. Pusiéronse en defensa, sin dejar los remos de las manos y hacer todo cuanto pudiesen; pero pocas horas tardaron que vieron que les iban entrando, de modo que en menos de dos se les pusieron a tiro de cañón. Viendo esto, amainaron, soltaron los remos, tomaron las armas y los esperaron, aunque el cadí dijo que no temiesen, porque el bajel era turquesco, y que no les haría daño alguno. Mandó poner luego una banderita blanca de paz en el peñol de la popa, porque le viesen los que, ya ciegos y codiciosos, venían con gran furia a embestir el mal defendido bergantín. Volvió, en esto, la cabeza Mahamut y vio que de la parte de poniente venía una galeota, a su parecer de veinte bancos, y díjoselo al cadí; y algunos cristianos que iban al remo dijeron que el bajel que se descubría era de cristianos; todo lo cual les dobló la confusión y el miedo, y estaban suspensos sin saber lo que harían, temiendo y esperando el suceso que Dios quisiese darles.

Paréceme que diera el cadí en aquel

punto por hallarse en Nicosia toda la esperanza de su gusto: tanta era la confusión en que se hallaba, aunque le quitó presto della el bajel primero, que sin respecto de las banderas de paz ni de lo que a su religión debían, embistieron con el del cadí con tanta furia, que estuvo poco en echarle a fondo. Luego conoció el cadí los que le acometían, y vio que eran soldados de Nicosia y adivinó lo que podía ser, y diose por perdido y muerto; y si no fuera que los soldados se dieron antes a robar que a matar, ninguno quedara con vida. Mas, cuando ellos andaban más encendidos y más atentos en su robo, dio un turco voces diciendo:

—¡Arma, soldados!, que un bajel de cristianos nos embiste.

Y así era la verdad, porque el bajel que descubrió el bergantín del cadí venía con insignias y banderas cristianescas, el cual llegó con toda furia a embestir el bajel de Hazán; pero, antes que llegase, preguntó uno desde la proa en lengua turquesca que qué bajel era aquél. Respondiéronle que era de Hazán Bajá, virrey de Chipre.

—¿Pues cómo —replicó el turco—, siendo vosotros *mosolimanes*[5], embestís y robáis a ese bajel, que nosotros sabemos que va en él el cadí de Nicosia?

A lo cual respondieron que ellos no sabían otra cosa más de que al bajel les había ordenado le tomasen, y que ellos, como sus soldados y obedientes, habían hecho su mandamiento.

---

[5] Por musulmanes, en concreto los turcos.

Satisfecho de lo que saber quería, el capitán del segundo bajel, que venía a la cristianesca, dejole embestir al de Hazán, y acudió al del cadí, y a la primera rociada mató más de diez turcos de los que dentro estaban, y luego le entró con grande ánimo y presteza; mas, apenas hubieron puesto los pies dentro, cuando el cadí conoció que el que le embestía no era cristiano, sino Alí Bajá, el enamorado de Leonisa, el cual, con el mismo intento que Hazán, había estado esperando su venida, y, por no ser conocido, había hecho vestidos a sus soldados como cristianos, para que con esta industria fuese más cubierto su hurto. El cadí, que conoció las intenciones de los amantes y traidores, comenzó a grandes voces a decir su maldad, diciendo:

—¿Qué es esto, traidor Alí Bajá? ¿Cómo, siendo tú *mosolimán* (que quiere decir turco), me salteas como cristiano? Y vosotros, traidores soldados de Hazán, ¿qué demonio os ha movido a acometer tan grande insulto? ¿Cómo, por cumplir el apetito lascivo del que aquí os envía, queréis ir contra vuestro natural señor?

A estas palabras suspendieron todos las armas, y unos a otros se miraron y se conocieron, porque todos habían sido soldados de un mismo capitán y militado debajo de una bandera; y, confundiéndose con las razones del cadí y con su mismo maleficio, ya se les embotaron los filos de los alfanjes y se les desmayaron los ánimos. Sólo Alí cerró los ojos y los oídos a todo, y arremetiendo al cadí, le dio una tal cuchillada en la cabeza que, si no fuera por la defensa que hicieron cien varas de toca con que venía ceñida, sin duda se la partiera por medio; pero, con todo, le derribó entre los bancos del bajel, y al caer dijo el cadí:

—¡Oh cruel renegado, enemigo de mi profeta! ¿Y es posible que no ha de haber quien castigue tu crueldad y tu grande insolencia? ¿Cómo, maldito, has osado poner las manos y las armas en tu cadí, y en un ministro de Mahoma? Estas palabras añadieron fuerza a fuerza a las primeras, las cuales oídas de los soldados de Hazán, y movidos de temor que los soldados de Alí les habían de quitar la presa, que ya ellos por suya tenían, determinaron de ponerlo todo en aventura; y, comenzando uno y siguiéndole todos, dieron en los soldados de Alí con tanta priesa, rancor y brío, que en poco espacio los pararon tales, que, aunque eran muchos más que ellos, los redujeron a número pequeño; pero los que quedaron, volviendo sobre sí, vengaron a sus compañeros, no dejando de los de Hazán apenas cuatro con vida, y ésos muy malheridos.

Estábanlos mirando Ricardo y Mahamut, que de cuando en cuando sacaban la cabeza por el escotillón de la cámara de popa, por ver en qué paraba aquella grande herrería que sonaba; y, viendo cómo los turcos estaban casi todos muertos, y los vivos malheridos, y cuán fácilmente se podía dar cabo de todos, llamó a Mahamut y a dos sobrinos de Halima, que ella había hecho embarcar consigo para que ayudasen a levantar el bajel, y con ellos y con su padre, tomando alfanjes de los muertos, saltaron en crujía; y, apellidando "¡libertad, libertad!", y ayudados de las buenas boyas, cristianos griegos, con facilidad y sin recibir herida, los degollaron a todos; y, pasando sobre la galeota de Alí, que sin defensa estaba, la rindieron y ganaron con cuanto en ella venía. De los que en el segundo encuentro murieron, fue de los primeros Alí Bajá, que un turco, en venganza del cadí, le mató a cuchilladas.

Diéronse luego todos, por consejo de Ricardo, a pasar cuantas cosas había de precio en su bajel y en el de Hazán a la galeota de Alí, que era bajel mayor y acomodado para cualquier cargo o viaje, y ser los remeros cristianos, los cuales, contentos con la alcanzada libertad y con muchas cosas que Ricardo repartió entre todos, se ofrecieron de llevarle hasta Trápana, y aun hasta el cabo del mundo si quisiese. Y, con esto, Mahamut y Ricardo, llenos de gozo por el buen suceso, se fueron a la mora Halima y le dijeron que, si quería volverse a Chipre, que con las buenas boyas le armarían su mismo bajel, y le darían la mitad de las riquezas que había embarcado; mas ella, que en tanta calamidad aún no había perdido el cariño y amor que a Ricardo tenía, dijo que quería irse con ellos a tierra de cristianos, de lo cual sus padres se holgaron en extremo.

El cadí volvió en su acuerdo, y le curaron como la ocasión les dio lugar, a quien también dijeron que escogiese una de dos: o que se dejase llevar a tierra de cristianos, o volverse en su mismo bajel a Nicosia. Él respondió que, ya que la fortuna le había traído a tales términos, les agradecía la libertad que le daban, y que quería ir a Constantinopla a quejarse al Gran Señor del agravio que de Hazán y de Alí había recibido; mas, cuando supo que Halima le dejaba y se quería volver cristiana, estuvo en poco de perder el juicio. En resolución, le armaron su mismo bajel y le proveyeron de todas las cosas necesarias para su viaje, y aun le dieron algunos cequíes de los que habían sido suyos; y, despidiéndose de todos con determinación de volverse a Nicosia, pidió antes que se hiciese a la vela que Leonisa le abrazase, que aquella merced y favor sería bastante para poner en olvido toda su desventura. Todos suplicaron a Leonisa diese aquel favor a quien tanto la quería, pues en ello no iría contra el decoro de su honestidad. Hizo Leonisa lo que le rogaron, y el cadí le pidió le pusiese las manos sobre la cabeza, porque él llevase esperanzas de sanar de su herida; en todo le contentó Leonisa. Hecho esto y habiendo dado un barreno al bajel de Hazán, favoreciéndoles un levante fresco que parecía que llamaba las velas para entregarse en ellas, se las dieron, y en breves horas perdieron de vista al bajel del cadí, el cual, con lágrimas en los ojos, estaba mirando cómo se llevaban los vientos su hacienda, su gusto, su mujer y su alma.

Con diferentes pensamientos de los

del cadí navegaban Ricardo y Mahamut; y así, sin querer tocar en tierra en ninguna parte, pasaron a la vista de Alejandría de golfo lanzado, y, sin amainar velas, y sin tener necesidad de aprovecharse de los remos, llegaron a la fuerte isla del Corfú, donde hicieron agua, y luego, sin detenerse, pasaron por los infamados riscos Acroceraunos[6]; y desde lejos, al segundo día, descubrieron a Paquino, promontorio de la fertilísima Tinacria[7], a vista de la cual y de la insigne isla de Malta volaron, que no con menos ligereza navegaba el dichoso leño.

En resolución, bajando la isla, de allí a cuatro días descubrieron la Lampedusa[8],

---

[6] Acroceraunio: promontorio del Epiro muy temido por los navegantes antiguos, y por extensión cualquier lugar peligroso.
[7] Nombre griego y también romano de Sicilia.
[8] Isla italiana situada al sur de Sicilia, cerca de la costa, sobre todo, de Túnez y Libia.

y luego la isla donde se perdieron, con cuya vista Leonisa se estremeció toda, viniéndole a la memoria el peligro en que en ella se había visto.

Otro día vieron delante de sí la deseada y amada patria; renovose la alegría en sus corazones, alborotáronse sus espíritus con el nuevo contento, que es uno de los mayores que en esta vida se puede tener, llegar después de luengo cautiverio salvo y sano a la patria. Y al que a este se le puede igualar, es el que se recibe de la vitoria alcanzada de los enemigos.

Habíase hallado en la galeota una caja llena de banderetas y flámulas de diversas colores de sedas, con las cuales hizo Ricardo adornar la galeota. Poco des-

pués de amanecer sería, cuando se hallaron a menos de una legua de la ciudad, y,
bogando a cuarteles, y alzando de cuando
en cuando alegres voces y gritos, se iban
llegando al puerto, en el cual en un instante pareció infinita gente del pueblo;
que, habiendo visto cómo aquel bien
adornado bajel tan de espacio se llegaba a
tierra, no quedó gente en toda la ciudad
que dejase de salir a la marina.

En este entretanto había Ricardo
pedido y suplicado a Leonisa que se ador-
nase y vistiese de la misma manera que
cuando entró en la tienda de los bajaes,
porque quería hacer una graciosa burla a
sus padres. Hízolo así, y, añadiendo galas
a galas, perlas a perlas, y belleza a belleza, que suele acrecentarse con el contento,

se vistió de modo que de nuevo causó admiración y maravilla. Vistiose asimismo Ricardo a la turquesca, y lo mismo hizo Mahamut y todos los cristianos del remo, que para todos hubo en los vestidos de los turcos muertos. Cuando llegaron al puerto serían las ocho de la mañana, que tan serena y clara se mostraba, que parecía que estaba atenta mirando aquella alegre entrada. Antes de entrar en el puerto, hizo Ricardo disparar las piezas de la galeota, que eran un cañón de crujía y dos falconetes; respondió la ciudad con otras tantas.

Estaba toda la gente confusa, esperando llegase el bizarro bajel; pero, cuando do vieron de cerca que era turquesco, porque se divisaban los blancos turbantes de los que moros parecían, temerosos y con sospecha de algún engaño, tomaron las armas y acudieron al puerto todos los que en la ciudad son de milicia, y la gente de a caballo se tendió por toda la marina; de todo lo cual recibieron gran contento los que poco a poco se fueron llegando hasta entrar en el puerto, dando fondo junto a tierra y arrojando en ella la plancha, soltando a una los remos, todos, uno a uno, como en procesión, salieron a tierra, la cual con lágrimas de alegría besaron una y muchas veces, señal clara que dio a entender ser cristianos que con aquel bajel se habían alzado. A la postre de todos salieron el padre y madre de Halima, y sus dos sobrinos, todos, como está dicho, vestidos a la turquesca; hizo fin y remate la hermosa Leonisa, cubierto el rostro con un tafetán carmesí. Traíanla en medio Ricardo y Mahamut, cuyo espectáculo llevó tras si los ojos de toda aquella infinita multitud que los miraba.

En llegando a tierra, hicieron como los demás, besándola postrados por el suelo.

En esto, llegó a ellos el capitán y gobernador de la ciudad, que bien conoció que eran los principales de todos; mas, apenas hubo llegado, cuando conoció a Ricardo, y corrió con los brazos abiertos y con señales de grandísimo contento a abrazarle.

Llegaron con el gobernador Cornelio y su padre, y los de Leonisa con todos sus parientes, y los de Ricardo, que todos

eran los más principales de la ciudad.
Abrazó Ricardo al gobernador y respondió a todos los parabienes que le daban; trabó de la mano a Cornelio, el cual, como le conoció y se vio asido dél, perdió la color del rostro, y casi comenzó a temblar de miedo, y, teniendo asimismo de la mano a Leonisa, dijo:

—Por cortesía os ruego, señores, que antes que entremos en la ciudad y en el templo a dar las debidas gracias a Nuestro Señor de las grandes mercedes que en nuestra desgracia nos ha hecho, me escuchéis ciertas razones que deciros quiero.

A lo cual el gobernador respondió que dijese lo que quisiese, que todos le escucharían con gusto y con silencio.

Rodeáronle luego todos los más de

los principales; y él, alzando un poco la voz, dijo *desta* manera:

—Bien se os debe acordar, señores, de la desgracia que algunos meses ha en el jardín de las Salinas me sucedió con la pérdida de Leonisa; también no se os habrá caído de la memoria la diligencia que yo puse en procurar su libertad, pues, olvidándome del mío, ofrecí por su rescate toda mi hacienda (aunque esta, que al parecer fue liberalidad, no puede ni debe redundar en mi alabanza, pues la daba por el rescate de mi alma). Lo que después acá a los dos ha sucedido requiere para más tiempo otra sazón y coyuntura, y otra lengua no tan turbada como la mía; baste deciros por ahora que, después de varios y extraños acaecimientos, y después de mil perdidas esperanzas de alcanzar remedio de nuestras desdichas, el piadoso cielo, sin ningún merecimiento nuestro, nos ha vuelto a la deseada patria, cuanto llenos de contento, colmados de riquezas; y no nace dellas ni de la libertad alcanzada el sin igual gusto que tengo, sino del que imagino que tiene esta en paz y en guerra dulce enemiga mía, así por verse libre, como por ver, como vee, el retrato de su alma; todavía me alegro de la general alegría que tienen los que me han sido compañeros en la miseria. Y, aunque las desventuras y tristes acontecimientos suelen mudar las condiciones y aniquilar los ánimos valerosos, no ha sido así con el verdugo de mis buenas esperanzas; porque, con más valor y entereza que buenamente decirse puede, ha pasado el naufragio de sus desdichas y los encuentros de mis ardientes cuanto honestas importunaciones; en lo cual se verifica que mudan el cielo, y no las costumbres, los que en ellas tal vez hicieron asiento. De todo esto que he dicho quiero inferir que yo le ofrecí mi hacienda en rescate, y le di mi alma en mis deseos; di traza en su libertad y aventuré por ella, más que por la mía, la vida; y de todos estos que, en otro sujeto más agradecido, pudieran ser cargos de algún momento, no quiero yo que lo sean; sólo quiero lo sea este en que te pongo ahora.

Y, diciendo esto, alzó la mano y con honesto comedimiento quitó el antifaz del rostro de Leonisa, que fue como quitarse la nube que tal vez cubre la hermosa claridad del sol, y prosiguió diciendo: —Vees aquí, ¡oh Cornelio!, te entrego la prenda que tú debes de estimar sobre todas las cosas que son dignas de estimarse; y vees aquí tú, ¡hermosa Leonisa!, te doy al que tú siempre has tenido en la memoria. Esta sí quiero que se tenga por liberalidad, en cuya comparación dar la hacienda, la vida y la honra no es nada. Recíbela, ¡oh venturoso mancebo!; recíbela, y si llega tu conocimiento a tanto que llegue a conocer valor tan grande, estímate por el más venturoso de la tierra. Con ella te daré asimismo todo cuanto me tocare de parte en lo que a todos el cielo nos ha dado, que bien creo que pasará de treinta mil escudos. De todo puedes gozar a tu sabor con libertad, quietud y descanso; y *plega* al cielo que sea por luengos y felices años. Yo, sin ventura, pues quedo sin Leonisa, gusto de quedar pobre, que a quien Leonisa le falta, la vida le sobra.

Y en diciendo esto calló, como si al paladar se le hubiera pegado la lengua; pero, desde allí a un poco, antes que ninguno hablase, dijo:

—¡Válame Dios, y cómo los apretados trabajos turban los entendimientos! Yo, señores, con el deseo que tengo de hacer bien, no he mirado lo que he dicho, porque no es posible que nadie pueda mostrarse liberal de lo ajeno: ¿qué jurisdicción tengo yo en Leonisa para darla a otro? O, ¿cómo puedo ofrecer lo que está tan lejos de ser mío? Leonisa es suya, y tan suya que, a faltarle sus padres, que felices años vivan, ningún opósito tuviera a su voluntad; y si se pudieran poner las obligaciones que como discreta debe de pensar que me tiene, desde aquí las borro, las cancelo y doy por ningunas; y así, de lo dicho me desdigo, y no doy a Cornelio nada, pues no puedo; sólo confirmo la manda de mi hacienda hecha a Leonisa, sin querer otra recompensa sino que tenga por verdaderos mis honestos pensamientos, y que crea dellos que nunca se encaminaron ni miraron a otro punto que el que pide su incomparable honestidad, su grande valor e infinita hermosura.

Calló Ricardo, en diciendo esto; a lo cual Leonisa respondió en esta manera:

—Si algún favor, ¡oh Ricardo!, imaginas que yo hice a Cornelio en el tiempo que tú andabas de mí enamorado y celoso, imagina que fue tan honesto como guiado por la voluntad y orden de mis padres, que, atentos a que le moviesen a ser mi esposo, permitían que se los diese; si quedas desto satisfecho, bien lo estarás de lo que de mí te ha mostrado la experiencia cerca de mi honestidad y recato. Esto digo por darte a entender, Ricardo, que siempre fui mía, sin estar sujeta a otro que a mis padres, a quien ahora humilde mente, como es razón, suplico me den licencia y libertad para disponer de la que tu mucha valentía y liberalidad me ha dado.

Sus padres dijeron que se la daban, porque fiaban de su discreción que usaría della de modo que siempre redundase en su honra y en su provecho.

—Pues con esa licencia —prosiguió la discreta Leonisa—, quiero que no se me haga de mal mostrarme desenvuelta, a trueque de no mostrarme desagradecida; y así, ¡oh valiente Ricardo!, mi voluntad, hasta aquí recatada, perpleja y dudosa, se declara en favor tuyo; porque sepan los hombres que no todas las mujeres son ingratas, mostrándome yo siquiera agradecida. Tuya soy, Ricardo, y tuya seré hasta la muerte, si ya otro mejor conocimiento no te mueve a negar la mano que de mi esposo te pido.

Quedó como fuera de sí a estas razones Ricardo, y no supo ni pudo responder con otras a Leonisa, que con hincarse de rodillas ante ella y besarle las manos, que le tomó por fuerza muchas veces, bañándoselas en tiernas y amorosas lágrimas.

Derramolas Cornelio de pesar, y de alegría los padres de Leonisa, y de admiración y de contento todos los circunstantes. Hallose presente el obispo o arzobispo de la ciudad, y con su bendición y licencia los llevó al templo, y, dispensando en el tiempo, los desposó en el mismo punto. Derramose la alegría por toda la ciudad, de la cual dieron muestra aquella noche infinitas luminarias, y otros muchos días la dieron muchos juegos y regocijos que hicieron los parientes de Ricardo y de Leonisa. Reconciliáronse con la iglesia Mahamut y Halima, la cual, imposibilitada de cumplir el deseo de verse esposa de Ricardo, se contentó con serlo de Mahamut. A sus padres y a los sobrinos de Halima dio la liberalidad de Ricardo, de las partes que le cupieron del despojo, suficientemente con que viviesen. Todos, en fin, quedaron contentos, libres y satisfechos; y la fama de Ricardo, saliendo de los términos de Sicilia, se extendió por todos los de Italia y de otras muchas partes, debajo del nombre del *amante liberal;* y aún hasta hoy dura en los muchos hijos que tuvo en Leonisa, que fue ejemplo raro de discreción, honestidad, recato y hermosura.

FIN

maron a cargo celebrar el eſtraño caſo, juntamente cõ
la ſin ygual belleza de la Gitanilla. Y de tal manera eſ-
criuio el famoſo Licenciado Poço, que en ſus verſos du
rarà la fama de la Precioſa mientras los ſiglos duraren.
Oluidauaſeme de dezir, como la enamorada meſonera
deſcubrió a la juſticia no ſer verdad lo del hurto de An-
dres el Gitano, y confeſó ſu amor, y ſu culpa, a quien no
reſpondió pena alguna, porque en la alegria del hallaz-
go de los deſpoſados ſe enterró la vengança, y reſucitò
la clemencia.

NOVELA
del amante liberal.

Lamentables ruynas de la deſdichada Nico-
ſia, apenas enjutas de la ſangre de vueſtros va-
leroſos, y mal afortunados defenſores, ſi como careceys de ſentido, le tuuierades aora en
eſta ſoledad, donde eſtamos, pudieramos lamentar juntas nueſtras deſgracias, y quizá el auer hallado compañia en ellas, aliuiara nueſtro tormento. Eſta eſperança
os puede auer quedado mal derribados torreones, que
otra

El Amante Liberal.

NOVELA EJEMPLAR

COMPUESTA

POR MIGUEL DE CERVANTES SAAVEDRA.

Con Licencia.

Barcelona,

IMPRENTA DE A. BERGNES Y COMP.
CALLE DE ESCUDELLERS, N.º 13.
ENERO DE
1832.

Libros Mablaz Ciencia Ficción y Fantasía

http://librosmablaz.com/

Libros Mablaz CLÁSICOS de Ciencia Ficción recuperados

LM
CLÁSICOS

http://librosmablaz.com/

Libros Mablaz

Narrativa — Relatos

/www.librosmablaz.com/